JEFFERSON

Für meine Kinder, die mir die Augen geöffnet haben

Jean-Claude Mourlevat

JEFFERSON

Mit Bildern von Antoine Ronzon

Verlagshaus Jacoby & Stuart

Vorab bemerkt

Das Land, in dem diese Geschichte beginnt, wird von Tieren bewohnt, die aufrecht gehen, sprechen, Bücher aus der Bibliothek entleihen, sich verlieben, SMS schreiben und zum Friseur gehen können. Im Nachbarland wohnen die Menschen, die die klügsten Tiere sind.

1

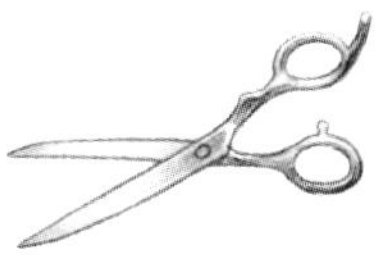

Der junge Igel Jefferson Walden von Waldeck beendete das morgendliche Reinemachen mit einem gesummten *pom ... pompom ... pompom ...* wie jemand, der sehr gut gelaunt ist. Als alles in bester Ordnung war, der Staub am Fenster aus dem Handfeger geschüttelt und die Kehrschaufel wieder an ihren Nagel gehängt war, stellte er seinen Backofen so ein, dass seine Rahmkartoffeln bis zu seiner Rückkehr gar sein würden. Dann zog er sein Jackett an, knöpfte es in der Mitte zu und bemerkte dabei, dass der Stoff spannte, weil sein kleiner Bauch etwas zu sehr nach vorn guckte. Mit den Keksen sollte er sich ein wenig zurückhalten.

Er betupfte sich mit ein paar Tropfen seines Herrendufts Marke »Unterholz«, schnürte seine perfekt polierten Schuhe, indem er nacheinander seinen rechten und dann den linken Fuß auf den dafür vorgesehenen Schemel stellte, zog sich den Rucksack auf die Schultern und ging hinaus. Was ihn an diesem Morgen mit Freude erfüllte, war nichts Besonderes: Er hatte beschlossen, zu seinem Friseur zu gehen. Es war ihm schon bei der Morgentoilette in die Augen gesprungen, dass seine hübsche Haartolle über der Stirn ganz aus der Fasson geraten war. Und er hasste es, ungepflegt auszusehen. Er würde also in die Stadt gehen und seine Tolle wieder in Ordnung bringen lassen.

Und er würde die Gelegenheit nutzen, um in der Bibliothek vorbeizuschauen und den Abenteuerroman *Allein auf dem Strom*, den er vorige Woche ausgeliehen hatte, zurückzubringen. Die Handlung spielte auf dem Orinokofluss, und der Held, ein junger Mensch namens Chuck, überwand mit unbezähmbarem Mut alle Gefahren: Einsamkeit, Hunger, Durst, Moskitos, Indios, Regen wie Gießbäche, unerträgliche Hitze, wilde Tiere – nichts konnte ihn aufhalten.

Die Bettdecke bis ans Kinn hochgezogen und eine dampfende Tasse Früchtetee auf dem Nachttisch, schlüpfte Jefferson in die Haut von Chuck und erwischte sich manchmal dabei, wie er beim Lesen die Faust ballte oder die Augen weit aufriss. Jedenfalls hatte der Roman ihn zwei Nächte hintereinander bis zum Morgen wachgehalten. Ganz besonders hatte ihm die Passage gefallen, in der Chuck, der im Urwald den Weg verloren hat, ihn mit der Stern-Methode wiederfindet. Dabei schlägt man auf gut Glück eine Richtung ein, geht fünfzig Schritte geradeaus, und wenn man nichts gefunden hat, kehrt man zum Ausgangspunkt zurück und versucht es in einer anderen Richtung. Noch mehr hatte er die schreckliche Stelle geliebt, wo Chuck, halbverhungert, beschließt, seinen Hund zu töten, um ihn zu essen und so zu überleben. Doch im letzten Moment wird er vom Mitleid übermannt und lässt unter Seufzern von dem armen Tier ab. Beim Lesen dieser Seiten hatte Jefferson sein Taschentuch unter seinem

Kopfkissen hervorholen und seine Augen trocknen müssen. Später in der Geschichte rettete der Hund Chuck dann das Leben, und das war ausgleichende Gerechtigkeit. Auch da hatte Jefferson weinen müssen. Das gehört zu den Vorteilen des Alleinlebens: Man kann laut und falsch singen, nackt herumlaufen, essen, wann man Lust darauf hat, und so viel weinen wie, man will.

Es war ein strahlender Herbstmorgen. Jefferson schloss die Haustür ab, steckte den Schlüssel in seine linke Hosentasche, nahm sein Handy aus der rechten Hosentasche und schrieb folgende Nachricht:

Lieber Gilbert, komme heute später vorbei, gehe erst in die Stadt zum DeliCut, um meine Tolle richten zu lassen. Bin gegen Mittag zurück. Hab Kartoffeln im Backofen, falls Du Hunger hast ... Tschüss, Kumpel!

Dann machte er sich freudigen Herzens auf den Weg. Was wollte er mehr vom Leben? Er war mit einer robusten Gesundheit ausgestattet, hatte ein Dach über dem Kopf, genug zu essen und in Gilbert einen wunderbaren Freund; außerdem lebte er an einem herrlichen Ort, am Rand eines großen Buchenwalds.

Bis zur Stadt war es nicht weit. Er brauchte nur ein paar Minuten am Waldrand entlangzulaufen und einem abschüssigen von Johannisbeersträuchern gesäumten Weg zu folgen – und schon befand er sich auf der Landstraße. Jefferson folgte der Straße, Kurve für Kurve.

War es, weil er in Gedanken noch immer bei Chuck an den Ufern des Orinoko war? Oder im Gegenteil, weil er sich jetzt schon in den Händen von Carola wähnte, die ihm im Friseursalon vor dem Schneiden das Haar schamponieren würde?

Jedenfalls befand er sich wenig später, gleich hinter einer engen Kurve, in einer sehr unbequemen Lage.

Ein Geländewagen, der aus der Stadt kam, schoss mit mindestens 120 Stundenkilometern auf ihn zu. Jefferson konnte gerade noch zwei Gestalten im Auto ausmachen. Zwei Menschen. Der Fahrer schien sehr groß und dünn zu sein und hatte einen rasierten Kopf. Es sah aus, als hätte er sich zusammenfalten müssen, um seine langen Knochen irgendwie auf dem Fahrersitz unterzubringen. Der Beifahrer war sehr viel kräftiger und trug eine Mütze; seinen Ellenbogen hatte er aus dem offenen Fenster gelehnt.

Der Fahrer trat voll in die Bremse, sodass die Reifen auf dem Asphalt aufheulten. Jefferson stieß ein schreckliches Quieken aus, machte einen Hechtsprung rückwärts und stürzte mit dem Hintern voran in den Straßengraben. Der SUV schlingerte, und der Beifahrer brüllte aus dem offenen Fenster etwas, das mit »Idiot von einem Igel« anfing und mit einer Bezeichnung endete, die hier nicht wiedergegeben werden kann.

»Selber!«, murmelte Jefferson empört.

Er sah, wie das Fahrzeug wieder beschleunigte und verschwand. Langsam stand er auf, kletterte aus dem Straßengraben, zog seine Kleidung wieder glatt und stellte fest, dass sein Hosenboden nass war. Er fragte sich, ob er nicht besser zurück nach Hause gehen sollte, um sich umzuziehen. Doch nach kurzem Zögern merkte er, dass er zu faul war, gleich wieder zurückzugehen. *Das trocknet am Tier!*, sagte er sich. Er würde zuerst in die Bibliothek gehen. So würde seine Hose wieder trocken sein, wenn er sich Carola zeigte. Während er so seinen Gedanken nachhing, stellte er unwillig fest, dass sein Herz noch immer sehr schnell schlug. Der Unfall hatte ihn ganz schön durchgeschüttelt. Nur wenige Zentimeter hatten gefehlt, und es hätte geheißen: *Goodbye, Jefferson!*

So ist das Leben – gerade noch fühlt man sich locker, heiter, unbeschwert, und fünf Sekunden später bricht alles zusammen. *Das Glück ist wirklich ziemlich zerbrechlich,* ging es ihm durch den Kopf, und er versuchte, an etwas Anderes zu denken.

In der Stadt angekommen, hatte er fast schon wieder seinen alten Schwung wiedergefunden, und pfeifend lief er die Hauptstraße hinauf, bevor er am Brunnen links abbog. In der Stadtbibliothek kannten ihn alle gut und riefen ihm mehrfach ein fröhliches »Hallo, Jefferson!« zu.

»Und – hat es Ihnen gefallen?«, fragte ihn die Bibliothekarin, eine freundliche Ente mit herzförmigen Brillengläsern, als er *Allein auf dem Strom* auf den Empfangstresen legte.

Sie hatte ihm das Buch empfohlen.

»Gefallen? Nein!«, begann er.

Doch als er sah, wie ihr die Miene entglitt, wollte er sie nicht länger ärgern und fuhr fort: »Es hat mir nicht gefallen, ich fand es vielmehr groß-ar-tig. Und ich danke Ihnen sehr für Ihren Tipp. Ich werde das Buch meinem Freund Gilbert weiterempfehlen.«

»Ach, Herr Jefferson«, sagte die Bibliothekarin und wurde rot. »Sie haben mir richtig Angst gemacht. Es hätte mich auch gewundert, wenn Chucks Abenteuer Sie nicht gepackt hätten. Wenn sie möchten, können Sie den Roman gleich wieder mitnehmen und Ihrem Freund überreichen.«

Er bedankte sich, schnüffelte noch ein wenig in den Regalen herum und setzte sich dann mit ein paar Zeitschriften, in denen er sehr interessiert herumblätterte, in eine Ecke neben der Heizung. Eine halbe Stunde später verließ er die

Bibliothek, Allein auf dem Strom immer noch im Rucksack und den Hosenboden so gut wie trocken.

Der Friseursalon *DeliCut* befand sich ganz am Ende derselben Straße. Ein bescheidener, etwas altmodischer Laden, in dem höchstens drei Kunden gleichzeitig bedient werden konnten. Herr Edgar, der Chef, war ein ruhiger und gutmütiger Dachs, der in den Augen – oder vielmehr in den Ohren – von Jefferson einen unschätzbaren seltenen Vorzug für einen Friseur besaß: Er konnte einem die Haare schneiden und dabei schweigen.

So ging Jefferson schon seit vielen Jahren zum *DeliCut*, stets sicher, nicht mit Worten überschüttet zu werden. Er zog sein Jackett zurecht, reckte sich, atmete einmal tief ein und aus und räusperte sich. Was, wenn er Carola auf ein Glas nach der Arbeit einlüde? Eine gute Idee. Eine ausgezeichnete Idee sogar. Er würde einen Moment nutzen, etwa wenn Herr Edgar telefonierte, seinen Mut zusammennehmen und sagen: »Carola, wann machen Sie heute eigentlich Schluss? Ja, weil ich mich gefragt habe, ja, also, ich habe mich gefragt, mich selbst sozusagen … ob Sie vielleicht …«

Carola war die Nichte von Herrn Edgar, und der, weil er langsam alt wurde, hatte sie eingestellt, damit sie ihm zur Hand gehen konnte. Jefferson fand es wunderbar, wenn sie sein Haar schamponierte und ihm die Kopfhaut massierte. Er fand es wunderbar, wenn sie ihn fragte, ob das Wasser zu warm oder zu kalt war. Und wie immer auch die Temperatur war, antwortete er stets, dass sie genau richtig sei. Sie hätte ihn tiefkühlen oder verbrühen können, ohne dass er etwas dagegen gehabt hätte. Wenn er auf dem höhenverstellbaren Sessel saß – der in Anbetracht seiner geringen Größe sehr hoch eingestellt war –, schloss er glücklich die Augen und stellte sich vor, sie wäre seine Verlobte. Zwar hat allein zu leben, wie wir gesehen haben, eine Reihe von Vorteilen, doch zuweilen fühlt man sich dann einfach … ein bisschen allein.

Eigenartig – die Tür ließ sich nicht öffnen, als Jefferson die Klinke hinunterdrückte, aber die Leuchtreklame mit dem *DeliCut*-Schriftzug blinkte, und der metallene Rollladen war hochgezogen. Jefferson versuchte, hinter den Gardinen etwas zu erkennen. Das Licht im Salon brannte. Eine Ziege in respektablem Alter schlief unter ihrer Trockenhaube. Alles schien in Ordnung zu sein, außer dass der Friseur, Herr Edgar, nicht zu sehen war. Auch von Carola gab es nicht die geringste Spur.

Jefferson klopfte an die Scheibe und wartete. Dann klopfte er noch einmal lauter, vergeblich. Schließlich erinnerte er sich, dass ein Fenster nach hinten hinausging und entschied sich, um das Haus herumzugehen.

Die beiden Flügel des Fensters standen offen, doch durch das Fenster zu klettern wäre eigentlich nicht richtig, und Jefferson verachtete nichts so sehr, wie etwas Ungesetzliches zu tun. Schon immer hatte er sich bemüht, sich nichts zuschulden kommen zu lassen, zum Teil aus staatsbürgerlichem Bewusstsein, vor allem aber, um der Wahrheit die Ehre zu lassen, damit man ihn in Ruhe ließ. Also ging er wieder zurück zum Eingang, klopfte erneut gegen die Scheibe und entfernte sich widerwillig, als sich weiterhin nichts bewegte.

Sein Gewissen ließ ihn jedoch nicht zur Ruhe kommen. Was, wenn etwas passiert war … wenn Carola in Gefahr war? Der Gedanke an die junge Dachsfrau bewirkte, dass er auf dem Absatz kehrt machte.

»Herr Edgar! Carola!«, rief er durch das offene Fenster, und als niemand antwortete, nahm er all seinen Mut zusammen und kletterte hinein, auch auf die Gefahr hin, dass sein Jackett riss.

Er fand sich in einem Büroraum wieder, der angefüllt war mit allen möglichen Flacons, Schachteln, Schaumspendern, Shampoos und Haarwassern. Das einzige Geräusch, das aus dem Salon nebenan kam, war der lokale Radiosender. Eine sich überstürzende Stimme rief die Zuhörer auf, sofort eine kostenpflichtige Nummer zu wählen, wodurch sie mit viel Glück überhaupt nichts gewinnen würden. Er ging langsam weiter und rief noch einmal: »Herr Edgar? Carola? Hier ist Jefferson. Ich habe mir erlaubt ...«

Die Ziege schlief noch immer fest unter ihrer Haube; ihr offener Mund gab den Blick auf ein perfektes künstliches Gebiss frei, und an ihrem Kinn sickerte langsam ein feines Netz von Speichelfäden hinab. Offenbar schwebte sie in seligen Gefilden. Vielleicht träumte sie von ihren Urgroßzicklein.

Jefferson umrundete den ersten Drehsessel, auf dem niemand saß, dann sah er die cremefarbenen Schuhe von Herrn Edgar, die mit der Spitze zur Decke zeigten. Man konnte sie unmöglich verwechseln: Profischuhe, auf die der gute Mann sehr stolz war. Er fühle sich darin »wie in Pantoffeln«, pflegte er immer zu sagen.

Nach einem weiteren Schritt entdeckte Jefferson zwei parallel auf dem Boden ausgestreckte Beine, danach einen sorgfältig zugeknöpften weißen Kittel und dann, weiter oben, eine große Schere, deren eine Klinge bis zum Anschlag in Herrn Edgars Brustkorb steckte.

Auf dem Kittel war ein großer roter Blutfleck zu sehen, dessen Form an die Umrisse der Insel Madagaskar erinnerte. Ge-

CUT

rade darunter war – Ironie des Schicksals – das Logo *DeliCut* aufgestickt. Was für ein delikater Cut das war!

Herr Edgar schien wie seine Kundin zu schlafen, doch er träumte von keinen Zicklein; er träumte von gar nichts mehr, er war tot.

Bis zu diesem Tag war das Leben noch immer sanft mit Jefferson umgegangen. Noch nie hatte ihn etwas so sehr erschüttert, und entsprechend heftig war seine Reaktion. Erst bekam er keine Luft mehr, dann brach aus ihm ein seltsames Geräusch hervor, das sich etwa wie *Rooohaaarrrg … rooohäääärrg* anhörte, was man in etwa mit »Verdammt! Was für ein schrecklicher Anblick!« übersetzen kann. Es ging weiter mit *Brröö-hö-hö hick fruuuuhh!*, was ungefähr so viel hieß wie: »Anscheinend ist dieser Mann keines natürlichen Todes gestorben. Wenn ich das richtig sehe, handelt es sich hier um nichts weniger als einen Mord.«

Er endete mit einem langen klagenden *Graaaaahhhh!*, was annähernd bedeutete: »Oje, oje, das ist ja eine schöne Bescherung!«

Und dann tat er etwas, das er nie hätte tun sollen. Er kniete sich neben den Leichnam, murmelte »Warten Sie, Herr Edgar, ich ziehe sie heraus …«, nahm die Schere in die rechte Hand und zog sie aus der Wunde – wobei er sich darüber wunderte, wie schwer das ging. Man möchte glauben, dass eine Klinge sich aus einem Körper wie aus einem Stück Butter ziehen lässt, aber das stimmt nicht: Sie sitzt sehr fest!

Genau in diesem Augenblick beschloss die Ziege unter ihrer Haube, aus ihren süßen Träumen aufzutauchen. Und was sie sah – nämlich die Leiche von Herrn Edgar am Boden und neben ihm eine Gestalt mit einer Waffe in der Hand – ließ für sie nicht den Schatten eines Zweifels zu. Sie öffnete ihren

Mund ganz weit und stieß einen Schrei aus, der so schrill war, dass ein kleiner Handspiegel splitterte: »Hiiiiiiiiiii! Hiiilfe! Hiiiiiiiii! Mörder!«

Jefferson ließ die Schere fallen.

»Aber nicht doch, ich war's nicht! Als ich hereingekommen bin ...«

Sie ließ ihn nicht ausreden und schrie so laut sie konnte. Das Zäpfchen vibrierte in ihrem Schlund.

»Er hat Herrn Edgar umgebracht! Er wird auch mich umbringen! Hiiiiiiiiiiiiii!«

Jefferson rang die Hände.

»Nein, ich war's doch nicht, ich schwör's ...«

Sie riss sich die Haube vom Kopf, sodass die Lockenwickler in ihren lila Haaren zum Vorschein kamen, rannte zur Tür und drückte mit aller Kraft die Klinke hinunter, um sie zu öffnen – vergeblich. Nun zögerte sie nicht länger. Die Gewissheit, allein mit einem Mörder in einem engen Raum gefangen zu sein, verzehnfachte ihre Energie.

Sie nahm zwei Meter Anlauf und stürzte sich mit der Schulter voran wie ein Rugbyprofi gegen das Hindernis. Die Türscheibe zersplitterte sofort, die Ziege landete auf allen Vieren auf dem Bürgersteig sprang auf, als hätte sie Federn untergeschnallt, und rannte davon, so schnell sie es mit ihren kurzen Beinen konnte.

Dabei hörte sie nicht auf zu kreischen: »ER war's! ER waaaaar's!«, und zeigte dabei anklagend auf Jefferson, der in der Tür stand und sein armseliges »Ich war's nicht, ich war's nicht« stammelte, viel zu leise, als dass er damit das Geschrei der Ziege hätte übertönen können.

Als er sah, dass es ihr bereits gelungen war, zwei junge Böcke auf ihn aufmerksam zu machen, die sich ihm mit schnellen Schritten näherten, gehorchte er dem ältesten Reflex der Welt: dem Fluchtinstinkt. Das heißt, er machte sich vom Acker, er verdünnisierte sich, er nahm Reißaus, wie immer man es nennen will. Noch nie in seinem Leben war er so gesprintet. Er spürte, wie die Beine unter ihm arbeiteten wie Kolben im Motor eines Rennwagens.

Die Angst verlieh ihm Flügel, und tatsächlich hatte er das Gefühl zu fliegen, als er mit einem riesigen Sprung über ein Schild mit der Aufschrift BAUARBEITEN und ein wenigstens drei Meter breites Loch hinwegsetzte.

Seine Verfolger mussten darum herumlaufen, was ihm einen entscheidenden Vorsprung verschaffte.

Einer der beiden schrie »Halt, Jefferson!«, aber er lief weiter, ohne seine Schritte zu verlangsamen, während er an jeder Straßenecke, die sich ihm bot, abbog, um sie endgültig abzuschütteln.

Sein Instinkt und, man muss es sagen, auch eine gehörige Portion Glück führten ihn auf ein Stück Brachland, wo er endlich, vor Blicken geschützt, Luft holen konnte. Er verkroch sich zwischen Brennnesseln und Brombeeren hinter einem Lattenzaun, während sein Herz beinahe explodierte und seine Lungen brannten.

Erst jetzt bemerkte er, dass er während seiner Flucht die ganze Zeit nicht aufgehört hatte »Ich war's nicht, ich war's nicht« zu murmeln. Jetzt hielt er den Mund, wartete ein paar Minuten, und als er wieder ruhig atmete, sagte er noch einmal: »Ich war's nicht.«

Dann merkte er, dass seine Hose schon wieder feucht war, und diesmal nicht wegen des Wassers im Straßengraben. Das Malheur musste passiert sein, als er die Leiche entdeckt hatte. Man kann das verstehen: der Schock, die Aufregung.

Beinahe hätte er vor Scham geheult. Was hätte Chuck in seiner Lage getan? Kaum hatte er sich das gefragt, wusste er auch schon die Antwort: Chuck hätte sich nie in solch eine Situation begeben.

2

Jefferson warf einen Blick durch ein Loch im Zaun und sah, dass er fast schon aus der Stadt hinaus war. Er konnte jedoch unmöglich für jeden sichtbar auf der Straße laufen. Er musste aber nur noch ein Haselnussgesträuch gegenüber erreichen und könnte dann über die Felder bis zum Wald laufen. Wenn er erst einmal zu Hause wäre, würde er weitersehen. Er musste dringend an einen sicheren Ort gelangen und nachdenken. Er ermunterte sich selbst: »Auf geht's, Igel, nur Mut!« und glitt zwischen zwei Brettern hindurch.

Weniger als zwanzig Minuten später erblickte er bereits die Rückseite seines Hauses ganz am Ende des Waldwegs, als sein Handy in der Tasche vibrierte.

Das lustige Gesicht von Gilbert, dem Schwein, tauchte auf und danach die SMS:

Hallo, Dicker ... ich weis nich wo du bist ... aber ich rate dir nicht nach Hause zu gehen ...

Jefferson, der im Gehen gelesen hatte, blieb stehen und tippte:

Ich bin beinahe schon da ... stehe fast davor ...

Die Antwort ließ nicht lange auf sich warten:

Dann geh blos nicht näher ran! Mach kehrt versteck dich im Wald und warte auf Nachricht von m

Zwar hatte Gilbert, warum auch immer, seinen Satz nicht zu Ende gebracht, aber die Botschaft war klar: Es war besser, das Weite zu suchen. Er machte also auf dem Absatz kehrt und ging auf dem Waldweg zurück, auf dem er gekommen war. Nicht nach Hause zu können, weil da Gefahr droht, ist eine Erfahrung, die Angst macht, denn wo gibt es einen besseren Zufluchtsort als zu Hause? Was konnte denn so bedrohlich sein in seinem eigenen Haus? Wartete jetzt schon die Polizei auf ihn? Er stöhnte ein paar Mal verzweifelt »O nein, o nein!« und ging langsam weiter, bereit, sich bei der ersten Begegnung in die Büsche zu schlagen.

Dabei hatte der Tag doch so gut begonnen. Und jetzt war er zum Albtraum geworden. Zuerst dieser Horror im Friseursalon, Herr Edgar mit seiner eigenen Schere in der Brust, Carola verschwunden und zu allem Überfluss dann noch diese bescheuerte Ziege, die ihm keine zwei Sekunden Zeit gelassen hatte, alles zu erklären. Es war ganz klar, dass er der Schuldige war, und seine Flucht sprach erst recht gegen ihn. Die Ziege hatte ihn mit ihren eigenen Augen gesehen, die Mordwaffe in der Hand, und im Übrigen hatte die Kriminalpolizei wahrscheinlich schon längst die Fingerabdrücke von der Schere abgenommen und würde schnell feststellen können, dass es die seinen waren. Schon morgen würde sein Foto auf der Seite eins des *Posthorn* erscheinen, zusammen mit einer reißerischen Überschrift in riesigen Lettern:

VERBRECHER!

Und der Artikel würde in etwa so lauten:

Der Igel Jefferson Walden von Waldeck hat den sehr beliebten Dachs Edgar an dessen Arbeitsplatz ermordet, dem Salon DeliCut. Das Motiv für diesen Akt der Barbarei ist unbekannt. Der Verbrecher ist flüchtig.

Als er bei diesen niederschmetternden Überlegungen angelangt war, vibrierte sein Handy von neuem. Gilbert! Wenn ihn jetzt irgendwer trösten konnte, dann gewiss er. Sie waren Freunde seit ihrer Kindheit, wie Brüder, aber mehr noch als Brüder, schließlich hatten sie sich selbst ausgesucht.

Die Botschaft lautete:

Hallo, Dicker ... wie versprochen Neuigkeiten: Treffen 13 h am Kalvarienberg. O.k.?

Jefferson, der schon seit mehr als zwei Stunden unter Druck stand, fühlte sich erleichtert und bewegt. Ach, der gute Gilbert, auf ihn konnte man zählen! Sogleich antwortete er:

Ach ja, drei Dinge: 1. Bring mir eine Hose zum Wechseln mit. 2. Frag nicht, warum. 3. Frag nicht, warum du nicht nach dem Warum fragen sollst.

Dann beschleunigte er seinen Schritt. Der Kalvarienberg befand sich an einer Wegkreuzung, nur ein paar Minuten entfernt. Doch während er, einigermaßen beruhigt, unterwegs war, kamen ihm Zweifel. Zunächst stellte sich nur ein winziges Alarmsignal ein, ein kaum wahrnehmbares tut tut ... Irgendetwas klang nicht richtig in Gilberts SMS. Er blieb stehen und las sie aufmerksam noch einmal. Das »Hallo, Dicker« war gewohnt und glaubhaft. Aber Gilbert hätte bestimmt nicht »13 h« geschrieben, sondern »1 Uhr«. Und das »O.k.« am Ende sah Gilbert auch überhaupt nicht ähnlich. Er hätte »OK« geschrieben oder »Einverstanden«. Seltsam.

Da er Zweifel bekommen hatte, beschloss Jefferson, einen Trick anzuwenden. Wenn sich Gilberts Handy in fremden

Händen befand, zum Beispiel in denen der Polizei, musste er auf Nummer sichergehen.

Er tippte ein:

Der Kalvarienberg? Soll das heißen, da, wo wir die Murmeln vergraben haben, als wir klein waren?

Die Antwort kam weniger als dreißig Sekunden später:

Ja, dort, wo wir sie vergraben haben. Bis gl!

Das winzige Alarmsignal verwandelte sich nun in ein ohrenbetäubendes Sirenengeheul. Zum einen, weil Jefferson und Gilbert dort nie eine einzige Murmel vergraben hatten – diese Kindheitserinnerung hatte er erfunden –, zum anderen aber auch wegen des Wahrscheinlichkeitsgesetzes. Es können zugegebenermaßen die unwahrscheinlichsten Ereignisse eintreten – etwa, dass dieselbe Person dreimal hintereinander im Lotto gewinnt oder dass der Papst seilspringt –, aber eines war völlig unmöglich, nämlich dass das Schwein Gilbert hochtrabend »dort, wo« statt einfach »da wo« und das dann auch noch mit einem Komma zwischen den Wörtern geschrieben hätte. Auch sonst war die Orthographie in dieser SMS perfekt, obwohl er sonst immer »ham« statt »haben« schrieb. Kurz: Gilbert konnte diese Nachricht nicht geschrieben haben.

Diese Erkenntnis machte Jefferson Angst (auch wenn er stolz darauf war, wie er zu ihr gelangt war). Nichtsdestoweniger beschloss er, seinen Weg zum Kalvarienberg fortzusetzen. Er würde ja sehen, wer da war. Unterdessen durfte er natürlich keine SMS schicken, denn dann hätte man ihn sofort orten können. Viele Verbrecher waren deshalb schon geschnappt worden waren, das wusste doch jeder! Das war, als wenn man sich in Neongrün kleidete, ein Megafon nähme und »Ich bin hier, ich bin hier!« schrie.

Als er nur noch einen Steinwurf vom Kalvarienberg entfernt war, verließ er den Weg und schlich sich still und heimlich in das hohe Farn.

Das Nachtblau von Uniformen schillerte durch das Grün der Vegetation, und Jefferson konnte von Zeit zu Zeit die Rücken von zwei Polizisten ausmachen, die dort auf etwas lauerten. Natürlich zwei große Dänische Doggen, denn fast die ganze Polizeitruppe bestand aus ihnen. Schlagstöcke und Handschellen hingen an ihren Gürteln. Er hatte sich nicht geirrt, die SMS war eine Falle gewesen! Eine Falle, der er souverän ausgewichen war.

Er schlich nach rechts und fand noch einen Polizisten, der sich hinter einem abgestorbenen Baumstamm versteckt hatte, und dann noch einen. Wie viele von diesen breitschultrigen Athleten hatten sie nur hierhin geschickt, um ihn zu ergreifen, ihn, der nicht mehr als 72 Zentimeter groß war, Absätze mit eingerechnet, und überdies auch noch unschuldig?

Auch wenn sie Gilbert als Köder an den Fuß des Kalvarienbergs gelegt hatten, würde er sich nicht in die Höhle des Löwen begeben, um sich dessen zu vergewissern. Aber wenn sie ihn frei hatten herumlaufen lassen, wo könnte er ihn jetzt wohl finden?

Jefferson hatte diesbezüglich eine Idee, und mit etwas Glück würde Gilbert dieselbe haben. Beide hatten sie vor langer Zeit aus Ästen eine Hütte gebaut, in einer abgelegenen Ecke des Waldes. Das war wohl vor sieben oder acht Jahren gewesen. Jefferson war damals ein noch hinter den Ohren feuchter Jungigel gewesen, und Gilbert ein ziemlich unreifes Ferkel. Jedenfalls hatten sie mehrere Monate lang unablässig an ihrer Hütte gewerkelt, mit Herzblut. Die Hütte war ihr Rückzugsort, ihr geheimes Versteck geworden. Dort hatten sie bei ihrer ersten Zigarette gehustet, dort waren sie krank geworden von dem Billig-Whisky, den sie einmal getrunken hatten, und dort waren sie ausgeflippt, wann immer sie Wildschwein-Rap gehört hatten (den besten, natürlich). Sie hatten dort geschlafen, gegessen, sich kaputtgelacht und die Welt neu erfunden. Wenn es irgendwo einen geheimen Ort gab, wo sie sich im Fall eines Schicksalsschlags treffen würden, ohne zuvor darüber geredet zu haben, so war das bestimmt nicht am Fuß des Kalvarienberges, sondern dort: in ihrer Hütte.

Jefferson hatte kein Problem, sie wiederzufinden, seine Beine liefen ganz wie von selbst dahin. Aber als er sie wiedergefunden hatte, war er doch erschrocken. Das Dach hing durch, die Seitenwände hatten nachgegeben, und im Inneren hatten sich Brombeeren breitgemacht. Und das Schlimmste: Gilbert war nicht da. Jefferson blickte auf sein Handy – es war Viertel nach zwei. Er stellte fest, dass er vor Hunger und Durst schon fast umkam. Er setzte sich auf einen umgefallenen Baumstamm vor der Hütte und fühlte sich ziemlich elend.

»Ich hätte niemals weglaufen dürfen«, sagte er sich. »Ich hätte diese hysterische Ziege am Boden festhalten müssen, bevor sie die Tür einrannte, und ich hätte selbst die Polizei rufen müssen. Ich werde mich also stellen und erklären, was wirklich passiert ist.« Und er begann, die Rede auszuarbeiten, die er halten würde, indem er sie mit lauter Stimme hielt und mit aller Überzeugungskraft, deren er fähig war:

Zuerst habe ich die Füße von Herrn Edgar gesehen, verstehen Sie, und ich bin etwas näher getreten … ich habe mich hingekniet und … die Dame, die Ziege, schlief, sie hat nichts gesehen … wissen Sie, ich mache ihr keinen Vorwurf, ... sie hat einfach annehmen müssen ... aber ich schwöre Ihnen ... warum hätte ich so etwas tun sollen? ... Ich mochte Herrn Edgar gern ... er hat mir stets ...

So argumentierte er etwas konfus ins Leere, als er aus einem nahegelegenen Gebüsch ein Rascheln vernahm. Er warf sich sofort platt auf den Bauch. Drei leise gepfiffene Töne, kurz und hoch – *fü, fu, füii* – beruhigten ihn. Er antwortete: *fü, fu, füii* – ihr Erkennungscode. Gilbert!

Gilbert war etwas größer als Jefferson, also klein. Was zuerst an ihm auffiel, war das breite Grinsen eines glücklichen Schweins. Jefferson pflegte sich zu sagen, dass er noch nie jemanden gesehen hatte, der ein solches Talent zum Glücklichsein hatte wie Gilbert. Eine Art Olympiachampion der guten Laune, ein Champion, der noch nicht einmal trainieren musste, weil das einfach seine Natur war.

»Was ist denn los?«, fragte er grinsend. »Mich haben eben drei Polizisten hopsgenommen, die sich vor deinem Haus versteckt hatten. Sie haben mich gefragt, wer ich bin, und als ich ihnen gesagt habe ...«

»Warte«, unterbrach ihn Jefferson, »ich erzähl dir gleich alles. Aber zuerst gibst du mir die da.«

»Ach ja, bitte! Das ist eine von mir. Die Beine könnten etwas zu lang für dich sein, aber du kannst sie ja aufkrempeln. Und du siehst, ich frage dich nichts und grinse nicht einmal. Sieh mich an, grinse ich etwa heimlich? Nein!«

Er blieb drei Sekunden lang ernst, dann brach er in ein lautes Lachen aus. Jefferson zuckte mit den Schultern.

»Ge-ni-al!«

»Wieso genial?«

»Echt, das ist genial, richtig spannend, verstehst du? Seit Jahren schon träumen wir davon, dass etwas Ungewöhnliches passiert, und seit Jahren denken wir uns irgendwelche bescheuerten Abenteuer aus, tun so als ob. Und jetzt ist es da, und wir sind in echt mittendrin!«

Jefferson hatte die Situation noch nicht unter diesem Gesichtspunkt betrachtet.

»Du spinnst!«, seufzte er. »Du begreifst gar nichts! Ich werde gehängt, guillotiniert, erschossen, vielleicht alles auf einmal!«

»Mach mal halblang, Jeff! Vielleicht hast du schon davon gehört, dass die Todesstrafe abgeschafft ist. Du kriegst höchstens dreißig Jahre, das ist schnell vorbei. Ich werde am Gefängnistor auf dich warten, mit einem Blumenstrauß und einem Rollator.«

»Gilbert, mir ist nicht zum Lachen zumute.«

»Okay, wir lachen nicht mehr. Aber du darfst dich nicht stellen!«

»Warum nicht?«

»Was denkst du, wem sie glauben werden: der ehrenwerten Ziege oder dir, mein kleiner Lieblingsigel. Nein, sie werden nicht zögern. Ich sehe nur eine Möglichkeit.«

»Was für eine?«

»Du musst dich verstecken und abwarten, wie die Ermittlungen weitergehen. Wir werden die Hütte einigermaßen in Ordnung bringen, und du wirst hier schlafen. Heute Abend bringe ich dir eine Decke und etwas zu essen. Los, an die Arbeit!«

Ohne auf eine Antwort zu warten, begann er, die Äste, die die Konstruktion zusammenhielten, geradezustellen. Er hörte nicht auf, immer wieder leise »ge-ni-al« zu sagen, und Jefferson hatte keine Wahl, als ihm zur Hand zu gehen. Nachdem die Hütte wieder einigermaßen in Ordnung war, rissen

sie die Ranken aus dem Boden aus, bedeckten das Dach mit einer dicken Schicht Farn und zogen an den Seiten vier Wände aus dicht belaubten Zweigen hoch.

»Das haben wir, Herr Jefferson! Wie in der guten alten Zeit! Versteck dich da drin und warte auf mich. Ich bin vor Einbruch der Dunkelheit zurück. Hier, ich lass dir meine Jacke da, für den Fall, dass ich länger brauche und dir kalt wird. Das Handy vergessen wir natürlich. Und mach dir keine Sorgen. Wir werden deine Unschuld beweisen!«

Nach zwanzig Schritten drehte er sich noch einmal um und fügte, noch immer grinsend, hinzu: »Ach ja, es tut mir leid wegen Herrn Edgar. Der war doch ein guter Typ, nicht?«

Jefferson zweifelte nicht an Gilberts Aufrichtigkeit. Er kannte Gilbert gut genug, um zu wissen, dass Traurigkeit sich bei ihm manchmal eigenartig verkleidete.

Er nutzte den Nachmittag so gut er konnte. Er wusch seine Hose in einem Bach und legte sie zum Trocknen auf einen großen Stein. Er verbesserte die Bequemlichkeit der Hütte, indem er den kleinen Baumstamm, auf dem er gesessen hatte, ins Innere zog. Dann bereitete er sich eine Art Bett aus Moos und Laub. Doch die Nacht brach über dem Wald hinein, ohne dass die Spitze von Gilberts Rüssel noch einmal aufgetaucht wäre, und es blieb ihm nichts anderes übrig, als sich auf seiner improvisierten Matratze unter der schützenden Jacke seines Freundes zusammenzurollen, während er sich fragte, was wohl aus ihm werden würde. Endlich schlief er mit wirren Gedanken ein, in denen sich eine von Blut gerötete Schere mit einem im Ofen zurückgelassenen Kartoffelgericht vermischte.

3

Im Morgengrauen wachte Jefferson hungrig und bibbernd vor Kälte auf. Er brauchte ein paar Sekunden, um sich zu erinnern, wo er sich befand und warum. Sein Magen zog sich bald zu einer sehr harten Kugel zusammen. Er war ein von der Polizei gesuchter Verbrecher. Ausgerechnet er, dessen größte Untat es war, dass er als ganz kleiner Jungigel drei Karamellbonbons aus dem Dorfladen stibitzt hatte! Es war zum Verrücktwerden! Wieder sagte er sich, dass es das Beste wäre, sich zu stellen. Sobald Gilbert zurückkäme, würden sie zusammen zur Polizei gehen.

Während er auf Gilbert wartete, machte sich Jefferson auf die Suche nach Beeren, um seinen Hunger etwas zu stillen, aber er fand lediglich drei schrumplige Waldbeeren, die zu nichts gut waren außer dazu, seine Finger blau zu färben. Er kam auch am Bach vorbei, wo er etwas trank und sich das Schnäuzchen wusch. Wieder in der Hütte, grub er in seinem Rucksack und fand darin *Allein auf dem Strom*, das Buch, das er Gilbert mitzugeben vergessen hatte. Weil er nichts Besseres zu tun hatte, blätterte er darin herum und stieß auf die Passage, wo Chuck beim Aufwachen feststellt, dass unter seinem Hemd auf seiner Brust eine zwanzig Zentimeter große Vogelspinne sitzt. Er ist gelähmt vor Schreck, bewegt sich nicht und redet leise auf sie ein: Bitte, liebe Spinne, bitte tu mir nichts! Nach einer Stunde Angst kommt er zu dem Schluss, dass sich die Spinne bei ihm im Warmen wohlfühlt und eingeschlafen ist. Millimeter für Millimeter, um sie nicht zu wecken, schiebt er sie nun beiseite, und als er sich ganz von ihr befreit hat, rennt er wie ein Verrückter herum und schreit sein Glück hinaus, noch immer am Leben zu sein. Diese Passage zu lesen, machte Jefferson wieder Mut. Schließlich saß keine eingeschlafene Vogelspinne auf ihm, jedenfalls noch nicht.

Gilbert tauchte auf, als gerade der erste Sonnenstrahl durch die Buchenzweige brach. Er hatte eine Reisetasche umgehängt und schwenkte *Das Posthorn* in der Hand, als er sich der Hütte näherte.

»Jeff, Jeff, du bist berühmt!«

Jefferson riss ihm die Zeitung aus der Hand, überzeugt, sein Foto auf Seite eins zu finden. Aber so war es nicht. Das Foto zeigte nur den Friseursalon mit der Umrisszeichnung in Kreide von Herrn Edgars Körper auf dem Boden. In Riesenlettern stand darüber: DRAMA IM DeliCut. Das einzige Porträtfoto befand sich in einem Kasten, und es war das der Ziege – ohne Lockenwickler, aber mit von großer Erregung gezeichneten Zügen, vier Mikrofone unter ihrem Ziegenbart.

»Möchtest du zuerst lesen oder essen? Ich habe dir drei Schokoladenbrötchen mitgebracht, drei Mandelcroissants und drei Bananen. Ich habe versucht, etwas Ausgeglichenes zusammenzustellen. Und ich habe sogar eine Thermoskanne mit heißem Kakao dabei, gut gezuckert! Ist das okay?«

Jefferson, der seit vierundzwanzig Stunden nichts gegessen hatte, wurde bei der Ankündigung dieser Speisen beinahe ohnmächtig.

»Gib her und lies mir bitte vor, während ich esse.«

Sie setzten sich auf den Baumstamm, und Gilbert packte die in ihrer Papiertüte aus der Bäckerei etwas zerdrückten Gebäckstückchen aus. Jefferson stürzte sich begierig auf das erste Schokoladenbrötchen, weil es zu lange gedauert hätte, eine Banane zu pellen.

»Also gut, ich lese vor«, begann Gilbert.

»*Gestern morgen gegen 10 Uhr wurde die Polizei unserer Stadt von Frau Kristiansen, Ziege, alarmiert, wegen eines furchtbaren Verbrechens, das sich im Friseursalon DeliCut in der Kieselbachstraße ereignet habe. Dort angekommen konnten die Polizisten, Hunde, nur noch den Tod von Herrn Edgar, Dachs, feststellen. Er soll mittels einer vom Mörder am Tatort zurückgelassenen Schere erstochen worden sein. Bei dem Mörder handelt es sich Frau Kristiansen (s.u.) zufolge um den jungen J. W. v. W., Igel, der nach seiner Tat die Flucht ergriffen haben soll.*«

»Und was sagt sie, diese Dame?«

»Warte, ich hab's gleich. Also … ja, sie sagt: *Ich hatte Angst um mein Leben. Ich sah, wie er auf Herrn Edgar mit der Schere eingestochen hat. Mindestens fünf Mal. Ich habe mit aller Kraft geschrien, und er hat mich nur grinsend angesehen. Da habe ich gewusst, dass er auch mich angreifen würde. Ich konnte fliehen, aber ich zittere noch immer. Dieses Individuum …*«

»Aber die meckert doch, wie es ihr gerade kommt«, würgte Jefferson hinaus und stieß einen Schluck Kakao auf. »Das ist doch gelogen. Das darf sie nicht!«

»Ich weiß nicht, ob sie das Recht dazu hat«, antwortete Gilbert, »aber die Leser werden ihr wohl glauben. Die Bäckerin hat all ihre Kunden an diesen Serienmörder erinnert … wie hieß er nochmal?«

»Alex Vrachil? Aber das war doch im 19. Jahrhundert! Und der war doch ein Wahnsinniger!«

»Ja, das kann man wohl sagen, völlig durchgeknallt. Er signierte seine Verbrechen, indem er mit dem Blut seiner Opfer seinen Namen schrieb. Aber nichtsdestoweniger war er ein Igel, tut mir leid, Jeff. Und die Leute sind so. Sie werden sagen, das liegt bei euch im Blut. Und noch etwas, mein Freund – dir werden davon die Haare zu Berge stehen: Diese Frau Kristiansen ist die Ehefrau des Richters Kristiansen, du weißt doch, dieser Bock, der immer Milde walten lässt bei den gehörnten Tieren, nicht aber bei den anderen. Und wenn ich es recht sehe, hast du keine Hörner.«

»O nein!«, jammerte Jefferson und biss in das zweite Croissant.

Die Idee, sich zu stellen, kam ihm jetzt deutlich weniger vernünftig vor. Er würde keine Chance haben, seiner Darstellung der Fakten Gehör zu verschaffen. Gilbert erriet seinen Gedanken.

»Hör zu, Igel, ich habe gründlich nachgedacht, und hier ist meine Idee: Die einzige Möglichkeit, deine Unschuld zu beweisen, ist die, dass wir selbst den Mörder festsetzen und ihn sozusagen schlüsselfertig bei der Polizei abliefern. Was meinst du?«

»Aber wir sind doch keine Detektive, Gilbert! Außerdem kann ich mich nirgends mehr blicken lassen. Bis morgen werden sie mein Foto überall in der Stadt aufhängen, mit WANTED darüber. Plötzlich habe ich überhaupt keinen

Hunger mehr«, setzte er hinzu und warf die Schale seiner dritten Banane hinter sich.

»Das kommt ja gerade recht«, bemerkte Gilbert, »jetzt, wo du alles aufgegessen hast. Lass den Mut nicht sinken. Auf den Innenseiten des *Posthorn* steht auch eine gute Nachricht: Carola war gestern morgen nämlich gar nicht im Salon, denn sie hat eine Halsentzündung und ist deshalb zu Hause geblieben. Die Krankheit hat ihr möglicherweise das Leben gerettet.«

Jefferson begnügte sich damit, dazu nur leicht zu nicken. Er hatte keine Lust, seine tiefen Gefühle für die junge Dachsfrau an die große Glocke zu hängen, auch nicht gegenüber seinem besten Freund. Doch es war eine große Erleichterung für ihn, sie außer Gefahr zu wissen.

Das war zweifellos auch der Grund, weshalb er die verrückte Idee, nämlich selbst die Ermittlungen zu führen, nicht gleich ablehnte.

»Natürlich kannst du dich nicht so, wie du bist, in der Stadt zeigen«, fuhr Gilbert fort, »aber ich habe alles bedacht. Achtung, Trommelwirbel – du wirst dich verkleiden!«

»Mich verkleiden? Das geht gar nicht! Als was soll ich denn gehen? Als Schaf, als Perlhuhn oder als Libelle?«

»Nichts dergleichen. Als deine Schwester.«

»Wie bitte?«

Statt einer Antwort öffnete Gilbert die Reisetasche und holte einen Haufen Kleidungsstücke heraus: einen halblangen weißen Rock mit knallgelbem Saum, eine himmelblaue Bluse, ein paar Ballerinas, eine blonde Perücke und dann noch eine Handtasche und ein kleines Schminktäschchen.

»Aber das gehört doch alles Chelsea!«, quiekte Jefferson, der die Sachen seiner Schwester wiedererkannte.

»Ich werd's dir erklären. Ich bin bei ihr vorbeigegangen und hab' ihr alles erzählt. Sie ist super, deine Schwester, echt! Sie hat keine Minute gezögert. Außerdem habt ihr dieselbe Größe.«

Jefferson blieb einen Moment stumm, dann murmelte er mit zusammengekniffenen Augen: »Gilbert, es gibt nicht die geringste Chance, keine millionste Sekunde lang, dass ich die Klamotten meiner Schwester anziehe.«

»Auch gut«, entschied der, »ich bestehe ja nicht darauf.«

Er griff sich die Tasche und verschwand in der Hütte. Jefferson hörte, wie er sich dort zu schaffen machte, hörte Knistern von Stoff sowie einige Flüche – zuletzt das helle *sssiiip* eines Reißverschlusses.

Dann öffnete sich der Blättervorhang, und das Wesen, das hervortrat, raubte ihm den Atem.

»Ich bin bei deiner Schwester vorbeigegangen, aber auch bei meiner!«, verkündete Gilbert, wobei er die Stimme eines jungen Mädchens nachahmte. »Wo denkst du denn hin? Schließlich werde ich auch überwacht. Immerhin ist mein bester Freund ein Mörder ...«

Er trug ein rotes Kleid, Nylonstrümpfe, hochhackige Schuhe und eine Lockenperücke. Außerdem hatte er seine Augen mit Eyeliner betont.

Jetzt war es an Jefferson, der seit dem Vortag ganz Angst und Unruhe war, laut loszulachen. Er konnte damit gar nicht mehr aufhören, und jedes Mal, wenn er sich ein bisschen beruhigt hatte, brauchte er nur einen Blick auf Gilbert zu werfen, und schon ging es wieder los.

»Entschuldige ... die Nerven!«

Die Diskussion war nicht einfach. Einesteils, weil Gilberts Idee verrückt war, anderenteils, weil eine verrückte Idee, die von einem als junges Mädchen verkleideten Burschen vorgebracht wird, doppelt verrückt wirkt.

»Du verstehst, Jeff: Die Logik verlangt, dass wir uns an den Ort des Verbrechens begeben und dort nach Indizien suchen. Da das allerdings den Detektiven der wirklichen Polizei vorbehalten ist und nicht solchen Idioten wie uns, müssen wir … könntest du bitte aufhören zu kichern, während ich rede?«

»Entschuldige bitte, aber jedes Mal, wenn ich dich angucke … könntest du bitte wenigstens die Perücke abnehmen?«

»Okay. Ich habe gesagt: Weil wir nicht einfach ins *DeliCut* spazieren können, müssen wir uns an etwas anderes halten. Wir müssen das Motiv für das Verbrechen herausfinden. Herr Edgar ist ja bestimmt nicht ohne Grund ermordet worden. Wir müssen also um jeden Preis mehr über ihn in Erfahrung bringen, wenn wir die Angelegenheit verstehen wollen. Und weil er unsere Fragen nicht mehr beantworten kann, habe ich an Carola gedacht. Das Problem ist nur, dass wir nicht wissen, wo sie wohnt.«

»Ich weiß es.«

»Du weißt es? Und woher? Bist du ihr etwa gefolgt?«

»Nein! Oder jedenfalls nur ein bisschen … also nur so von Weitem, aus Neugier …«

»Verstehe …«

»Du verstehst gar nichts.«

Jefferson glaubte nicht, dass Carola sie empfangen würde. Aber Gilbert beharrte auf seinem Punkt.

Als sie sich auf den Weg machten, gegen zehn Uhr morgens, nachdem sie ihre Männersachen sorgfältig in der Hütte versteckt hatten, hätte sie jeder Spaziergänger, der ihnen zufällig im Wald begegnete, für zwei unschuldige junge Mädchen auf

einem Spaziergang gehalten. Nachdem sie in der Stadt angelangt waren, wurden ihre Schritte ein wenig schleppend, vor allem die von Gilbert, dessen etwas zu kurz geratenen Pumps seine großen Zehen folterten.

Als sie durch den Stadtpark gingen, guckten ihnen zwei junge Schweine, die auf der Lehne einer Bank saßen, ungeniert hinterher und gaben dabei ein anerkennendes Pfeifen von sich.

»Das ist ja total widerlich!«, empörte sich Jefferson ohne sich umzudrehen.

»Stimmt, richtig eklig«, stellte Gilbert fest.

4

Carola wohnte in einem schicken Mietshaus nahe am Stadtzentrum, und ihr Name stand auf ihrem Briefkasten, wo auch ihre Etage vermerkt war, nämlich die dritte. Sie nahmen den Aufzug, und während sie hinauffuhren, nutzte Gilbert die Gelegenheit, Jefferson zu raten, während des Treffens – wenn es denn stattfinden sollte – den Mund zu halten, denn sonst könnte Carola den jungen Igel an seiner Stimme erkennen. Es wäre also besser, wenn er, Gilbert, das Gespräch führte.

Auf dem Treppenabsatz zupften sie sich gegenseitig ihre Kleider zurecht, was diesmal bei Jefferson nicht zu einem Kicheranfall führte. Gilbert klingelte. Sie hörten ein heiseres Husten – *kro-och! krööörk!* –, dann Schritte, dann wurden sie, so vermuteten sie, durch den Spion beobachtet.

»Was wollen Sie? Wer sind sie?«, fragte eine wegen der Halsentzündung und der schweren Tür kaum vernehmbare Stimme.

»Wir sind zwei Praktikantinnen von der Zeitung *Das Posthorn*«, rief Gilbert langsam mit einer Stimme, die er für weiblich hielt, »und wir würden gern ein paar Minuten mit Ihnen sprechen.«

»Ich habe Ihnen nichts zu sagen. Ich bin krank – *kro-och!*«

Gilbert hatte diese Reaktion vorhergesehen und sorgfältig seinen Gegenangriff geplant.

»Es geht um Folgendes: Wir wollen nicht, dass die Leute alles Mögliche über Herrn Edgar sagen. Ihre Aussage ist wirklich wichtig! Sie sind doch seine Nichte und kannten ihn gut. Außerdem sollten wir uns als Praktikantinnen gegenseitig unterstützen, finden wir …«

Gilbert zwinkerte Jefferson zu. Er hatte gerade seinen Spezialtrick angewandt: Praktikantinnen untereinander mussten sich doch helfen, nicht wahr?

»Ich bin krank«, wiederholte Carola.

Ein paar Sekunden Schweigen, dann sagte sie: »Gut. Aber nur ein paar Minuten. Und keine Fotos!«

»Versprochen!«, jubilierte Gilbert.

Sehr schnell verstanden sie den Grund für die letzte Bedingung. Die Carola, die ihnen jetzt öffnete, hatte nicht viel mit der hübschen Carola im Friseursalon gemein. Sie trug einen Morgenrock und Pantoffeln, war unfrisiert und ungeschminkt. Ihre Augen waren rotgerändert, von der Krankheit, aber bestimmt auch von der Trauer. Ihre Stimme wiederum erinnerte an die eines ganz jungen Esels, der vergeblich versucht, I-ah zu schreien. Dies alles hinderte Jefferson aber nicht daran, sie entzückend zu finden.

»Möchten Sie unsere Presseausweise sehen?«, fragte Gilbert, als sie gerade eingetreten waren.

Jefferson zuckte zusammen. Was ritt denn diesen Schwachkopf, so voreilig zu sein, wo doch noch niemand etwas von ihm verlangt hatte?

»Ja, möchte ich«, antwortete Carola. »Entschuldigen Sie, aber – *kro-och krööörk!* – ich wär' da doch wirklich gern ganz sicher.«

Beide begannen sie nun, in ihren Handtaschen zu wühlen, während Carola auf dem Wohnzimmertisch nach einem Papiertaschentuch suchte. Jefferson warf seinem Freund einen Blick zu, der tödlich gewesen wäre, wenn Blicke töten könnten. Eine Ermittlung in drei Sekunden zu torpedieren, bevor sie auch nur begonnen hatte, das war schon eine Super-Performance! Sie könnten sich gleich wieder umziehen!

Es war Carolas Handy, das sie rettete. Es klingelte gerade, als sie, sich schnäuzend, wieder auf sie zukam. Sie trat aus dem Zimmer, um zu antworten. Trotz der Entfernung hörten sie, wie sie sich bedankte und mehrmals wiederholte, dass alles in Ordnung sei und niemand sich Sorgen um sie machen müsse. Bestimmt eine Freundin.

»Ich mach jetzt Schluss«, sagte sie schließlich, »ich habe hier zwei Journalistinnen im Praktikum vom *Posthorn.*«

Dass sie sie so bezeichnete, bedeutete wohl, dass sie ihnen ihre Rolle abnahm. Jedenfalls fragte sie, nachdem sie sich wieder zu ihnen gesellt hatte, nicht mehr nach den Presseausweisen. Die hatte sie schlicht vergessen.

»Nehmen Sie Platz«, lud sie sie ein und deutete auf ein geblümtes Sofa, »und stören Sie sich bitte nicht an der Unordnung!«

Das ist es, was sehr ordentliche Leute gewöhnlich sagen, und in Carolas Wohnung herrschte natürlich perfekte Ordnung, was Jefferson zu schätzen wusste. Die beiden Besucher setzten sich nebeneinander und merkten, wie schwierig es ist, sich zu setzen, wenn man einen Rock oder ein Kleid trägt. Sollten sie die Beine übereinanderschlagen oder nicht? Sie beschlossen, sie nebeneinander zu halten und ihre Notizblöcke auf die Schenkel zu legen.

»Also«, begann Gilbert, »erzählen Sie uns bitte von Ihrem Onkel!«

»Ach, mein Onkel Edgar … das war ein Mann …« Sie suchte nach Worten. Natürlich war es noch viel zu früh, sie an seinen Tod zu erinnern. Es war doch erst ein Tag vergangen seit der Tragödie, und die junge Frau hatte sicher eine schlaflose Nacht gehabt. Aber sie mussten es tun.

»Er war ein … ruhiger Mensch. Zuverlässig. Er hatte seinen Friseursalon schon seit mehr als vierzig Jahren, müssen Sie wissen. Er pflegte zu sagen, dass er hier gut ›verwurzelt‹, und dass das für einen Friseur sehr wichtig sei. Er machte gern Wortspiele, die nicht immer gelungen waren, aber er konnte darüber lachen. Er prustete unter seinem Doppelkinn los, und wir – *kro-och kro-och krööörk!* –, wir lachten, weil wir ihn lachen hörten. Eines Tages hat einer seiner Kunden …«

Je mehr sie erzählte, desto mehr Vertrauen fasste sie, und desto mehr hatte Jefferson Lust, sich die Perücke vom Kopf zu ziehen und ihr ihren Plan zu erklären. Ganz allgemein war es ihm unangenehm, Leute hinters Licht zu führen, und gegenüber Carola galt das noch mehr. Gilbert wiederum kannte solche Skrupel nicht. Er ermunterte sie beim Erzählen mit zustimmenden »Hm-hms« und machte jede Menge Notizen auf seinem Block. Jefferson, der neben ihm saß, sah, dass er in Wirklichkeit überhaupt keine Notizen machte, sondern nur zufällig aufgeschnappte, völlig uninteressante Wörter hinkritzelte: *Auto, ankommen, viel, …* – oder auch Wörter, die überhaupt nichts bedeuteten: *grosshetrke … sjeondasdheb …*

Carolas Handy klingelte erneut. Sie blickte aufs Display und nahm dann gleich an.

»Entschuldigen Sie. Es ist meine Tante.«

Diesmal ging sie in die Küche, doch die beiden falschen Journalistinnen konnten ihre vom Husten unterbrochene Stimme hören: »Ja. Tantchen, es geht schon … nein, ich habe nicht schlafen können … du auch nicht, vermute ich … *kro-och kro-och krööörk!* … nein, Tantchen, ich weiß auch nicht mehr … nein, das ist sinnlos … ja, Tantchen … ich weiß … ich weiß … *kro-och kro-och krööörk!* … ja, ich auch …«

Jefferson hatte schon beobachtet, dass Menschen, die etwas erlebt haben, was sie erschüttert hat, ihre Tränen manchmal lange zurückhalten können, ihnen aber plötzlich freien Lauf lassen, sobald sie mit jemandem sprechen, der sie tröstet. Und je mehr sie die Person lieben, mit der sie sprechen, desto reichlicher fließen die Tränen. Danach zu urteilen, sagte er sich, musste Carola ihre Tante sehr lieben. Aus Mitgefühl musste er seufzen, und auch ihm kamen beinahe die Tränen. Gilbert musste ihm einen ordentlichen Rippenstoß geben, um ihn an seine Rolle zu erinnern: Eine Journalistin weint nicht vor den Personen, die sie befragt.

Als Carola ins Wohnzimmer zurückkam, sah sie noch mitgenommener aus als zuvor. Sie setzte sich und spülte mit einem Schluck Wasser eine Tablette hinunter.

»Das war meine Tante.«

Einen Augenblick lang schwiegen sie, dann nahm Gilbert, ganz der Profi, das Gespräch wieder auf:

»Alles, was Sie sagen, spricht dafür, dass Ihr Onkel wenig Feinde hatte, und da fragt man sich doch …«

»Wenig Feinde? Er hatte gar keine. Ich glaube, dieser Igel hatte einfach nur einen Anfall – *kro-och kro-och krööörk!* – von mörderischem Wahnsinn. Entschuldigen sie bitte«, fuhr sie an Jefferson gewandt fort, »ich weiß, dass man nichts verallgemeinern soll. Das tue ich auch nicht. Aber trotzdem – *kro-och kro-och kröööörk!* –, jeder erinnert sich doch an diesen Igel, dieses Monster, das acht Personen ermordet hat.«

»Alex Vrahil«, warf Gilbert ein, »aber das war doch im vorletzten Jahrhundert, und er war wahnsinnig.«

»Ja, natürlich. Aber wie soll man das anders erklären? Ich jedenfalls verstehe gar nichts. Mehrere Igel waren Stammkunden im Salon, und ich mochte sie eigentlich alle, aber den, also den, der das Verbrechen begangen haben soll, diesen Herrn Jefferson, nun ja ... es ist schrecklich, dass ich das so sagen muss ...«

»Ja?«, ermunterte sie Gilbert.

»Ich muss zugeben, dass ich ihn ... wirklich ganz besonders mochte.«

Gilbert blickte unauffällig zu seiner Journalistenkollegin hinüber, mit einem feinen Lächeln auf den Lippen. Carola ließ das Kinn auf die Brust fallen und weinte zum Steinerweichen. Jefferson war völlig verwirrt. Die Situation war einer klassischen Tragödie würdig: Der Held (Jefferson) wird zu Unrecht angeklagt, den Onkel (Edgar) der Person, die er liebt (Carola) getötet zu haben, erfährt aber am nächsten Tag, als Frau verkleidet, dass Carola seine Gefühle zu erwidern scheint. Er hatte also ebenso Grund, völlig begeistert wie total niedergeschlagen zu sein. Wie sollte er bloß aus dieser Sache wieder herauskommen?

Kurz, er fühlte sich von der Situation überfordert und wusste nichts Besseres zu tun, als seinen Kopf über den Notizblock zu beugen.

Gilbert wiederum war alles andere als niedergeschlagen.

»Ich verstehe Ihren Schmerz und Ihre Wut, aber sagen Sie, einmal angenommen, die Untersuchung ergibt, dass dieser vielleicht ja unschuldige junge Igel tatsächlich unschuldig ist, würden Sie dann ...?«

In diesem Moment brach alles zusammen. Da Carola ganz erbärmlich schniefte, beugte sich Gilbert vor, um für sie ein Papiertaschentuch aus der Schachtel zu nehmen, die auf dem niedrigen Sofatisch stand. Dabei stieß er mit dem Arm das Wasserglas um, und es entschlüpfte ihm ein recht männlich klingendes »Scheiße!«. Carola blickte auf, gewarnt von der plötzlich tiefen Stimme. Gilbert richtete sich sofort auf, und die ruckartige Bewegung ließ die Perücke auf seinem Kopf regelrecht rotieren. Der Rand rutschte zur Seite, und der lockige Teil verdeckte nun seine Augen.

Carola öffnete den Mund weit: »Was ist denn ...?«

Jefferson fand, dass die Komödie schon zu lange gedauert hatte. Er konnte nicht mehr. Er führte langsam die Hand zu seiner eigenen Perücke, ergriff sie, zog sie sich vom Kopf und gab so seine Tolle frei, die geradewegs zur Decke zeigte.

Carola sprang auf und schrie, als wäre ihr ein Gespenst erschienen.

»Neiiiin! Herr Jefferson! Neiiiiin!«

»Bitte, ich bitte Sie«, rief er, »Sie brauchen keine Angst zu haben. Ich ... ich tue Ihnen nichts!«

Ihr stockte der Atem, sie war bleich wie ein Leichentuch und überlegte verzweifelt, wohin sie fliehen könnte, falls er sich auf sie stürzte.

»Ich schwöre, dass ich Ihren Onkel nicht ermordet habe. Ich werde Ihnen alles erklären«, flehte Jefferson, und wenn man ihn ansah, konnte man sich schwer vorstellen, dass er etwas anderes totschlagen konnte als die Zeit.

Am Ende setzte sie sich wieder hin, erschöpft vom Fieber und dem Gefühlswirrwarr. Auch Jefferson und Gilbert setzten sich wieder. Gilbert reichte ihr das Papiertaschentuch, mit dem alles angefangen hatte; Jefferson suchte in der Küche nach einem Schwammtuch, um das Wasser aufzuwischen, das den Couchtisch überschwemmt hatte, und füllte das Glas der Dachsin wieder auf.

»Bitte! Trinken Sie ein bisschen und hören Sie uns an. Wir werden alles erklären.«

Er erzählte nun von seinem schrecklichen Fund im *DeliCut* und seiner Flucht. Er war darin inzwischen schon geübt, und er berichtete so offenbar wahrheitsgemäß, dass sie ihm einfach glauben musste. Gilbert schloss sich dann an und sprach von ihrem Versteck im Wald und ihrem Entschluss, sich zu verkleiden und selbst die Ermittlungen zu übernehmen. Sie hörte ihnen mit offenem Mund zu, und als sie geendet hatten, stieß sie einen tiefen Seufzer aus.

»Wenn ich vernünftig wäre – *kro-och!* – würde ich sofort die Polizei anrufen und Sie anzeigen, aber irgendetwas hält mich davon ab, nämlich …«

Jetzt hatte sie einen längeren Hustenanfall, dem bloß zuzuhören schon wehtat – *kro-och krööörk! kröörk! kröörk! kröörk! kröörk! kröörk! kröörk! kröörk! kröörk! kröörk! Kr-ooch! kröörk! kröörk! kröörk! kröörk! kröörk!*

Sie war puterrot angelaufen, der Schweiß lief an ihr herab, und sie musste sich das Gesicht abtrocknen, bevor sie weitersprechen konnte.

»Weil … weil ich Ihnen glaube. Und weil ich Sie echt mutig finde. Leider fürchte ich, dass die Aussage von Frau Kristiansen sehr, sehr schwer wiegt, umso mehr, als ihr Mann niemand anderes ist als … *kro-oooooooooiich!!*«

»Das wissen wir«, übernahm Gilbert, um ihr das Sprechen abzunehmen, »und deshalb wollen wir den Mörder selbst fin-

den. Das Problem ist nur, dass wir nichts oder fast nichts über Herrn Edgar wissen. Wir bräuchten etwas, womit wir unsere Ermittlung starten können, Sie verstehen? Gibt es denn gar nichts in seinem Leben, das … keine Ahnung … vielleicht weniger perfekt und normal war?«

Sie dachte lange nach.

»Da ist vielleicht eine Sache – *kröörk!* Aber bestimmt hat das keine Bedeutung, und ich weiß gar nicht, ob …«

»Bitte!«, riefen sie in Stereo.

»Also gut – *och kro-och krööörk!*: Der Salon ist jeden Montag geschlossen.«

Dies war keine besonders welterschütternde Offenbarung, und die beiden Freunde warteten, was folgte.

»Also, wie soll ich sagen … mein Onkel war jeden Montag verschwunden.«

»Was soll das heißen, verschwunden?«, wunderten sich die beiden in einem immer noch harmonischen Duett.

»Nun ja, seit etwa zwei Jahren hatte er die Angewohnheit, jeden Sonntag den Zug zu nehmen und erst am Dienstagmorgen zur Ladenöffnung zurückzukommen.«

»Und wo ist er hingefahren?«

»Das weiß keiner. Das war sein – *och kro-och krööörk!* –, sein Geheimnis.«

»Könnte es vielleicht sein … wie soll ich sagen … dass Herr Edgar, bei allem Respekt natürlich …«

»Nein. Ich weiß, was Sie sagen wollen, aber für jeden, der ihn kannte, wäre diese Vorstellung einfach lächerlich. Mein Onkel war kein Schürzenjäger. Er hatte keine Affären. Er betete meine Tante an. Das ist unmöglich.«

»Gut«, sagte Gilbert, »das ist zwar etwas mager, aber immerhin ein Anfang. Hören Sie, Carola, wir lassen Sie jetzt in Frieden, damit sie sich ausruhen können. Das haben Sie bitter nötig. Haben Sie unendlichen Dank dafür, dass Sie uns empfangen haben, trotz Ihres Unglücks. Wir werden unser Möglichstes tun, um die Untersuchung voranzubringen, stimmt's, Jefferson?«

Jefferson nickte zustimmend. Beide standen auf und gingen zur Tür.

»Viel – *kro-och!* – Glück!«, hustete Carola, doch als sie gerade die Tür hinter sich zuziehen wollten, hielt sie sie zurück.

»Warten Sie. Ich ... vielleicht habe ich ja unrecht, aber ich kann nicht anders als Ihnen zu vertrauen. Es ist mein Bauchgefühl, das mich dazu bringt. Es gibt da noch etwas, das ich Ihnen – *kro-och! kro-och! kro-och!* – zeigen möchte.«

Sie machte kehrt, verschwand in einem Raum, der ihr Schlafzimmer sein musste, und kehrte ein paar Sekunden später zurück, mit einer Postkarte in der Hand. Sie reichte sie Jefferson.

»Hier. Sie können sie später lesen. Mein Onkel ist in seinen Ferien gern gereist, und wohin er auch fuhr, er hat mir von dort immer Postkarten geschickt. Er hatte keine Kinder, und ich bin seine einzige Nichte, Sie verstehen? Dies hier ist die letzte, die er mir geschickt hat, erst vor drei Wochen. Sie könnte Sie vielleicht – *kro-och! kro-och! kro-och!* – auf eine Fährte bringen. Ich überlasse sie Ihnen, aber verlieren Sie sie bitte nicht und seien Sie so nett, sie mir nach Möglichkeit zurückzugeben. Sie ist von großem Wert für mich.«

»Versprochen«, sagte Jefferson, der gerührt war, dass sie die Karte ihm und nicht Gilbert anvertraut hatte. Das schuf ein irgendwie engeres, intimes Verhältnis zwischen ihnen beiden.

Er steckte sie in seine Handtasche.

»Und noch eins«, krächzte die kranke Dachsin mit dem letzten Rest ihrer Stimme. »Wenn Sie sich noch einmal als Mädchen verkleiden müssen, achten Sie etwas besser auf das Schminken, denn das spielt schon – *kro-och krörk!* – eine Rolle. Sie dürfen zum Beispiel nicht so viel Make-up benutzen; jetzt sehen Sie ja aus, als hätten Sie sich mit Erdnussbutter eingeschmiert.«

Im Aufzug setzten sie wieder ihre Perücken auf, und als sie das Gebäude verließen, versuchten sie so natürlich wie möglich zu wirken. Im Park machten die jungen Schweine, deren Hintern an der Parkbanklehne festgeschraubt zu sein schienen, sie schon wieder an und pfiffen ihnen hinterher.

»Wegen denen schäme ich mich für mein Geschlecht«, schimpfte Gilbert. »Ich würde ihnen gern die Fresse polieren. Vielleicht wäre ihnen das eine Lehre, keine Mädchen mehr zu belästigen.«

»Vergiss es!«, zischte Jefferson ihm zu und nahm seinen Arm, um ihn fortzuziehen. »Wir sollten jetzt nicht auf uns aufmerksam machen.«

Das war Gilbert recht, denn eigentlich hasste er es, sich zu prügeln. Immer darauf bedacht, keine Blicke auf sich zu lenken, durchquerten sie den Rest der Stadt. Sobald sie wieder im Wald waren, streifte Gilbert seine Schuhe ab, und so liefen sie weiter auf dem Weg zu ihrer Hütte.

5

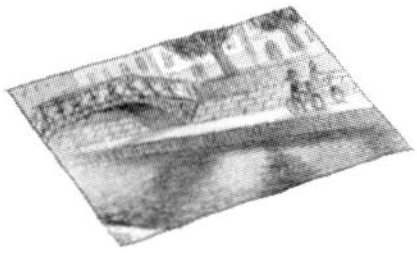

Die Postkarte zeigte eine Stadtlandschaft. Eine elegant geschwungene Fußgängerbrücke überspannte einen Kanal, der von alten Häusern mit den unterschiedlichsten Fassaden gesäumt war, Bäume in Herbstfarben spiegelten sich im Wasser. Radfahrer fuhren vorbei.

»Sehr hübsch«, kommentierte Gilbert, »und sehr romantisch. Aber sagt dir das was?«

Sie saßen auf ihrem Baumstamm, den sie vor die Hütte gezogen hatten, jetzt wieder in ihren gewohnten Kleidungsstücken und abgeschminkt. Jefferson schüttelte den Kopf.

»Nein. Es ist ganz gewiss bei den Menschen, aber wo genau das ist …?«

Jefferson drehte die Karte um.

»Gewonnen, das ist Domburg!«

»Domburg, was is'n das?«

»Eine große Stadt. Sehr touristisch, soll eine sehr schöne Kathedrale haben und einen Fluss, Kanäle, Brücken …«

»Woher weißt du das denn alles?«

»Ich habe im Geografieunterricht nicht neben der Heizung geschlafen.«

Die gestempelte Briefmarke zeigte, dass die Karte dort losgeschickt worden war. Onkel Edgar hatte in seiner sehr ordentlichen Handschrift Folgendes geschrieben:

Liebe Carola,

ich schicke dir diese schöne Stadtansicht, um Dir zu sagen, dass ich an Dich denke. Da kannst du sehen, was die Menschen für schöne Sachen zu machen verstehen. ~~Aber sie können leider auch~~ Bis bald. Ich küsse Dich,

Dein Onkel Edgar

Natürlich fanden sie beide den unvollendeten Satz seltsam, der durchgestrichen jedoch gut lesbar war. Ob das Absicht war? Gilbert glaubte es nicht. Seiner Meinung nach hatte der Onkel seiner Nichte wohl etwas anvertrauen wollen, dann aber seine Meinung geändert, und weil die Karte schon frankiert war, hatte er die Wörter einfach durchgestrichen. Das hatte er schnell-schnell gemacht, ohne zu merken, dass sie noch gut lesbar waren. Man brauchte darin keine besondere Absicht zu sehen.

Jefferson hingegen glaubte, dass es sich um etwas Wohlüberlegtes handelte. Herr Edgar war ein Perfektionist. Wenn er wirklich gewollt hätte, dass Carola diesen Halbsatz nicht las, hätte er ihn sorgfältiger durchgestrichen oder hätte sogar einfach die Postkarte zerrissen und eine neue geschrieben. Es lag bestimmt nicht daran, dass sie schon frankiert war. Nein, dies hier war das Vorgehen eines Mannes, der etwas sagen will, ohne es direkt auszusprechen!

Sie diskutierten noch eine Weile hin und her, ohne sich einigen zu können, bis Jefferson plötzlich erstarrte.

»Was ist denn mit dir los?«, fragte Gilbert.

Jefferson hatte das Gefühl, als würde ein Gedanke, der einen langen Weg unter Wasser zurückgelegt hatte, von einem zweiten Gedanken gekitzelt und dadurch zerplatzen. Das hatte zur Folge, dass eine kleine Blase an die Wasseroberfläche trieb und dort etwas ganz Naheliegendes offenbarte.

»Ich habe gerade noch mal an eine Sache denken müssen. Am Morgen des Mordes bin ich zu Fuß in die Stadt gegangen, wie du weißt. Und, stell dir vor, ich wurde dabei beinahe überfahren …«

Er berichtete von dem Auto, das mit einem Wahnsinnstempo herangerast war, und von seinem Sprung rückwärts in den Graben.

»Mindestens 120 auf einer Landstraße«, empörte sich Gilbert. »Die Höchstgeschwindigkeit liegt bei 100, und sie muss außerdem dem Straßenzustand und den Witterungsbedingungen angepasst sein …«

»Ist ja gut, Gilbert, du brauchst mir nicht die Straßenverkehrsordnung aufzusagen. Was ich bemerkenswert finde, ist, wie das zusammenpasst: Diese zwei Typen, wie auf der Flucht, in ihrem Wagen. Ja, wenn ich darüber nachdenke, sah das sehr wohl wie eine Flucht aus, und jetzt diese Postkarte, die Herr Edgar aus der Stadt geschickt hat. Beide Male stoßen wir in dieser Sache auf Menschen. Das ist es, was ich sagen will.«

»Ja klar!«, schrie Gilbert. »Ge-ni-al! Absolut ge-ni-al!«

Und er fing an, wie ein Zicklein hin und her zu rennen und zu springen.

»Wir fahren zu den Menschen! Du hast recht: Da, bei denen liegt der Hund begraben! Unsere Ermittlung macht Fortschritte! Ich finde das super! Ich glaube, ich hänge meine Lehre als Heizungsmonteur an den Nagel und werde Detektiv!«

Das erinnerte Jefferson daran, dass er zu dieser Stunde eigentlich einen der Stühle im Hörsaal der Universität hätte drücken müssen, wo er im dritten Semester Geografie studierte, stattdessen aber durch die Wälder zog, des Mordes verdächtig und in Gesellschaft eines Witzbolds von einem Schwein, der jede Gefahr verkannte. »Wir sind zwei falsche Journalistinnen«, murmelte er sich in den Bart, »wir sind zwei falsche Detektive, vor allem aber sind wir zwei echte Idioten.«

Gilbert beendete seinen Freudentanz. »Ich gehe jetzt nach Hause und hol, was wir für die Reise brauchen. Und ich werde die Zeitung kaufen und das Foto von Herrn Edgar ausschneiden. So können wir es dort dann den Menschen zeigen und …«

»Ganz ruhig, Schweinchen«, mäßigte ihn Jefferson freundlich, »du schnappst gerade ein bisschen über und vergisst ein paar Kleinigkeiten.«

»Zum Beispiel?«

»Zum Beispiel, dass ich nicht nach Hause kann, dass ich keine Wäsche zum Wechseln habe und keinen Waschbeutel. Ich habe auch nur wenig Geld bei mir, denn ich wollte ja nur zum Friseur. Du vergisst auch, dass ich der meistgesuchte Igel des Landes bin und kaum in Ruhe den Zug nehmen kann, nicht einmal in Verkleidung, und …«

»Du wirst dich nicht verkleiden und wir werden auch nicht den Zug nehmen, mein kleiner Igel.«

»Aha. Und wie werden wir reisen? Mit dem Auto? Ich kann nicht fahren und du – gottlob – auch noch nicht.«

»Nein. Wir werden nicht mit dem Auto fahren!«

»Wir gehen zu Fuß?«

»Nein, wir werden auch nicht zu Fuß gehen.«

Gilbert machte es noch ein paar Sekunden spannend, dann erklärte er: »Wir fahren mit dem Bus.«

»Mit dem Bus?«

»Genau. Weil ich nämlich einen Geistesblitz hatte, der so toll ist, dass ich selbst darüber staune. Wenn wir für unsere Ermittlungen einfach so in der Stadt herumlungern, würden die Menschen bald auf uns aufmerksam werden und könnten uns verdächtig finden. Ich habe also lange nachgedacht und …«

»Wann willst du denn lange nachgedacht haben?«

»Äh, vorhin, bevor ich getanzt habe, auch wenn ich nicht so ausgesehen habe. Und ich hab' die Lösung gefunden. Schauen wir mal, ob du dich auf mein Niveau hieven kannst: Was hältst du für die beste Art zu reisen, wenn man unbemerkt bleiben möchte?«

Als Jefferson nur ein dummes Gesicht machte, antwortete er selbst: »Eine organisierte Gruppenreise!«

»Du meinst, wir sollen unsere Ermittlungen aus einer Gruppenreise heraus vorantreiben?«

»Na klar! Du bewegst dich in der Herde, niemand schenkt dir Beachtung und du kannst so viel fotografieren, wie du willst. Das ist ideal! Und wie der Zufall es will, arbeitet mein Vetter Roland in einer Reiseagentur, die solche Gruppenreisen anbietet, *Reimann-Reisen*. Kennst du die?«

Jefferson hatte diese gelben Busse, die überall im Land unterwegs waren, schon oft wahrgenommen, denn hinten am Bus trugen sie eine Aufschrift, die ihn schon immer fasziniert hatte: HAST DU LUST AUF REISEN, MUSST DU REIMANN-REISEN!

»Und was macht dein Vetter bei Reimann?«

»Er ist Busfahrer.«

»Aber Gilbert, ich kann hier doch nicht weg. Man würde mich verhaften, sobald ich außerhalb dieses Waldes meine Schnauze sehen lasse.«

»Nein, wir machen alles klammheimlich. Und ich werde dich unter einem falschen Namen eintragen. Mein Vetter wird alles arrangieren. Ich mach mich gleich mal schlau, wann die nächste Gruppenreise stattfindet. Und was deine Sachen betrifft, so werden wir abwarten, bis sich eine Gelegenheit ergibt. Mach dir da keine Gedanken. Ich kümmere mich drum.«

Wenn Gilbert so unter Strom stand, konnte ihn nichts aufhalten, doch als er losging, rief Jefferson ihn zurück.

»Warte. Ich hab's schon zweimal vergessen.«

Er machte seinen Rucksack auf und zog *Allein auf dem Strom* heraus.

»Hier. Ich hab's für dich aus der Bibliothek ausgeliehen. Es ist die Geschichte eines Typen namens Chuck, der ... du wirst ja sehen. Ich finde es ganz toll. Ich glaube, es ist das beste Buch, das ich in meinem ganzen Leben gelesen habe.«

»Echt?«

»Echt.«

Wie der Zufall es wollte, hatte *Reimann-Reisen* schon drei Tage später eine Reise nach Domburg, ins Menschenland, im Programm. Drei Tage, die Jefferson in der Hütte und ihrer näheren Umgebung damit zubrachte, auf Gilberts Besuche zu warten. Er schlief viel, wusch sich im Bach, las ein paar alte Romane und verschlang etwa dreißig Bananen sowie sechzig süße Teilchen.

Täglich brachte *Das Posthorn* neue Informationen zum Mord. Frau Kristiansen war inzwischen völlig außer Kontrolle geraten.

In einem ihrer Interviews berichtete sie von neuen Einzelheiten:

Seine Augen waren blutunterlaufen, er hatte Schaum vor dem Mund, er schrie: »Es lebe Alex Vrahil!«, und er stürzte sich auf mich. Es ist ein Wunder, dass ich das überlebt habe …

Jede Ausgabe zeigte ein anderes Foto von ihr; einmal sah sie zu Tode erschrocken aus, ein anderes Mal weinte sie, aber immer war sie im Zustand höchster Erregung.

Glücklicherweise hielt Carola auf vernünftige Weise dagegen:

Ich verstehe die Erregung von Frau Kristiansen, aber ich kann nicht glauben, dass Herr Jefferson der Schuldige ist. Er war ein ganz besonders zuvorkommender und von allen geschätzter Kunde im Deli-Cut. Ich wünsche mir von ganzem Herzen und im Gedenken an meinen Onkel, dass bald ans Licht kommt, was wirklich geschehen ist.

Am dritten Morgen war Jefferson dann wirklich geschockt, denn sein Foto prangte auf Seite eins – aber was für ein Foto! Sie hatten es in ihrem Archiv ausgegraben. Vor sechs Jahren hatte er einmal einen Backwettbewerb gewonnen, und man sah ihn, wie er seine Waldbeertorte präsentierte, ein genervtes Lächeln auf den Lippen, aber schon mit seiner sehr einnehmenden Haartolle. Wie sollte man sich auch nur eine Sekunde lang vorstellen, dass dieser nette schüchterne Konditor-Igel in wenigen Jahren zu einem blutrünstigen Monster mutiert war? In seinem Kommentar machte der Journalist auf diesen Widerspruch aufmerksam und verteidigte, ohne die Aussagen von Frau Kristiansen direkt in Zweifel zu ziehen, den Grundsatz, dass für einen Beschuldigten, solange es keinen Beweis und kein Geständnis gibt, die Unschuldsvermutung zu gelten hat. Jefferson war ihm dafür dankbar, und er nahm sich vor, ihn zu besuchen und sich bei ihm zu bedanken, sobald diese ganze Geschichte nur noch eine böse Erinnerung sein würde.

Wenn Gilbert auch nicht besonders einfallsreich war bei der Zusammenstellung der Mahlzeiten, so verstand er sich doch ausgezeichnet auf die Garderobe. Er stattete sie beide mit allem Nötigen an Hosen, Sommerhemden und anderen Hemden sowie Schirmmützen aus. Weitere unverzichtbare Dinge kamen hinzu, wie Sonnenbrillen, ein Fotoapparat mit Tragriemen und natürlich Bauchbeutel für ihre Wertsachen. Schwieriger war es für ihn, Jefferson davon zu überzeugen, dass er seine Tolle opfern musste. Sie würde ihn verraten, sagte er. Jefferson lehnte das zunächst kategorisch ab. Er war schon seit Kindergartentagen stolz auf diesen rebellischen Wirbel, der zu einem Teil seiner selbst geworden war, wie sein Kopf oder seine Beine.

»Außer, dass sie wieder nachwächst«, hatte Gilbert dagegengehalten, »im Unterschied zum Kopf, wenn ich mich nicht irre.«

Schließlich saß der Unglückliche resigniert auf dem Baumstamm, Gilbert hinter ihm, die Schere in der Hand.

»Schließ die Augen und entspann dich!«

Er ergriff die Tolle mit der linken Hand und steckte sie zwischen die beiden Seiten der Schere.

»Sag mir: Schneide! Ich möchte, dass du selbst es verlangst.«

Jefferson spürte, wie ihm die Tränen kamen, und aus Angst, er könnte seine Meinung ändern, brachte er ein trauriges »Schneid!« über die Lippen.

Mit einem kurzen *Schnipp* war die Angelegenheit geregelt.

»Soll ich sie dir sie zeigen?«, fragte Gilbert – wie ein Zahnarzt seinen Patienten, dem er gerade einen Backenzahn gezogen hat.

»Nein, wirf sie weg«, antwortete Jefferson, der glücklich war, dass es in der Hütte keinen Spiegel gab. Die höchste Stelle seiner selbst von ihrem schönsten Schmuck entblößt zu sehen, wäre gewiss ein harter Schlag für ihn gewesen.

Angesichts der langen Wegstrecke, die es zurückzulegen galt, um zum Menschenland zu gelangen, sollte die Abfahrt schon im Morgengrauen erfolgen. Ein Glück für die beiden Freunde, die so zum Treffpunkt gelangen konnten, ohne einer lebenden Seele zu begegnen.

Gilbert hatte in den letzten Tagen versucht, zu Jeffersons Häuschen zu gelangen, doch es wurde immer noch bewacht. Allerdings war es nicht schwer für Gilbert gewesen, sich unauffällig an den athletischen Dänischen Doggen vorbeizudrücken. Wie versprochen hatte er also alles mitgebracht, was zwei Personen brauchten: Reisetaschen, Klamotten, Fotoapparate, Waschbeutel.

Der gelbe Reisebus wartete mit laufendem Motor auf dem Parkplatz hinter dem Reisebüro. Etwa achtzehn Passagiere waren damit beschäftigt, ihr Gepäck im Gepäckraum unterzubringen, mit Hilfe von Roland, der über all die Taschen und Koffer nur lachen konnte. Gute Laune war anscheinend in die Gene von Gilberts Familie eingeschrieben.

Als Roland seinen Vetter erblickte, ging er auf ihn zu und umarmte ihn, dann wandte er sich augenzwinkernd an Jefferson und schüttelte ihm die Hand.

»Guten Tag, Herr Gutbrod!«

»Was soll denn dieser schwachsinnige Name?«, flüsterte Jefferson, sobald Roland sich entfernt hatte.

»Gutbrod? Das ist der Name des Ingenieurs, der die Zentralheizung erfunden hat. Genaugenommen war sein Name Gutlaib, ich habe ihn aber ein wenig geändert. Du kannst dich nicht beklagen, denn du brauchst bloß den Griff an deiner Heizung zu drehen, damit du es im Winter warm hast, statt dass du versuchen musst, mit Feuersteinen eine Flamme zu entfachen.«

Auch sie verstauten ihr Gepäck im Gepäckraum und waren schon im Begriff, ins Innere des Buses zu klettern, als jemand mit durchdringender Stimme rief: »Ach nein, Sie ähneln ja total diesem Verbrecher! Außer dass Sie nicht seine Tolle haben, hahaha!«

Jeffersons Herz begann heftig zu klopfen. Sie waren noch nicht einmal losgefahren, und schon hatte man ihn erkannt. Der, der diese Bemerkung gemacht hatte, war ein dickes kurzbeiniges Wildschwein, rotgesichtig und gut gelaunt.

»Äh, Liebling, sieht er nicht diesem Robertson ... äh Williamson – oder wie heißt er? – ähnlich, du weißt schon, diesem Verbrecher ...?«

»Walter, hör bitte auf, das ist nicht komisch!«, schimpfte seine rundliche Frau.

Gilberts Antwort war erstaunlich passend.

»Aber ja, er ist es! Das ist Jefferson! Wahrscheinlich hat er nur seine Tolle abgeschnitten, um nicht erkannt zu werden! Hilfe, ich habe Angst!«

Einige Mitglieder der Reisegruppe grinsten, und Jefferson versuchte, dasselbe zu tun. Das Wildschwein beugte sich nun ganz nahe zu Jefferson und murmelte: »Tut mir leid, mein Name ist Schmitt, Walter Schmitt. Das war nur ein Witz. Ich mache gern Witze. Sie nehmen mir das nicht übel, hoffe ich.«

Er hatte sich offenbar mindestens eine Minute lang mit Kölnisch Wasser eingesprüht. Von den Ausdünstungen tränten einem die Augen.

»Aber nein, es ist schon gut«, antwortete Jefferson und nahm sich vor, während der ganzen Reise möglichst viel Abstand zu Walter Schmitt zu halten.

»Danke!«, sagte das Wildschwein und schüttelte ihm die Hand. »Und Sie, wie heißen Sie?«

»Öh … Gutbrod, Gutbrod ist mein Name.«

Sie suchten sich einen Platz in der Mitte des Busses und beobachteten, wie die Tiere, die für die nächsten zehn Tage ihre Reisegenossen sein würden, Platz nahmen. Zwei mit sich selbst beschäftigte verliebte Eichhörnchen, ein Paar älterer Schafe, das sich gegenseitig beim Platznehmen behilflich war, zwei eng befreundete schwatzhafte Füchsinnen, die, so schien es Jefferson, bereit waren, sich über alles und jeden lustig zu machen … Mit gemischten Gefühlen sah er, dass auch ein Dachspaar unbestimmten Alters mit strenger Miene einstieg. Beide trugen einen diskreten Trauerflor, und er fragte sich, wie sie wohl mit der Gegenwart eines Igels in der Gruppe zurechtkommen würden, so wenige Tage nach dem Drama im *DeliCut.* Sie setzten sich ganz vorn hin. Man würde sehen.

Danach stieg eine Kuh mit zwei Kälbern ein und ein dicker Angorakater, der sich ganz hinten ans Fenster setzte, seinen Fotoapparat auf den Knien. Dann noch eine Ziege mit ihrem Mann, eine Ente und noch weitere Mitreisende, sodass der Bus in wenigen Minuten fast voll war. Die letzte, die einstieg, war eine lange bleiche Häsin; sie war noch jung, aber wie eine Oma gekleidet. Schüchtern, allen einen guten Tag wünschend, ging sie durch den Mittelgang.

»Sie heißt Simone«, erklärte Gilbert. »Sie ist ein bisschen depressiv. Sie meldet sich bei allen Reisen an, damit sie einen Mann findet …«

REIMA

Roland hieß die Reisegruppe willkommen. Er versicherte allen, dass er sein Bestes geben würde, um ihnen den Aufenthalt so angenehm wie möglich zu gestalten, und fragte, ob sie lieber ohne oder mit Radiobegleitung fahren wollten. Die beiden alten Schafe hoben die Hand, bestimmt um zu sagen, dass sie gern den Rest ihrer Nachtruhe in Stille verbringen würden, doch die beiden Füchsinnen waren schneller:

»Radio! Musik!«

Roland setzte sich hinter das Steuer und schaltete das Lokalradio ein. Schon seit dem Morgengrauen wurde da ununterbrochen geplappert; man pries Artikel an, deren Preis immer mit 99 Cent endete. Der Bus wendete, um den Parkplatz zu verlassen, durchquerte die noch schlafende Stadt und erreichte bald die Landstraße. Sie kamen an der Stelle vorbei, wo Jefferson vor ein paar Tagen beinahe überfahren worden wäre, dann auch ganz nahe an dem Weg, der zu seinem Haus führte. Es schnürte ihm die Kehle zu. Sein Ofenkartoffelgericht im Backofen musste inzwischen horrormäßig aussehen.

»Nur Mut, Igel«, flüsterte ihm Gilbert zu, »mit ein bisschen Glück sind wir in zehn Tagen zurück, mit dem Schuldigen gut verschnürt im Gepäckraum.« Dann setzte Gilbert seine Kopfhörer auf und vertiefte sich in *Kreuz und Quer im Verkehr. Das Führerschein-Handbuch*, Kapitel Verkehrszeichen.

»Mit ein bisschen Glück …«, seufzte Jefferson leise und öffnete den Roman, den er gerade las.

Ein penetranter Duft nach Kölnisch Wasser erreichte ihn von hinten. Er drehte sich um und befand sich sofort Nase an Nase mit Herrn Schmitt, der sein rotes Gesicht zwischen den Sitzen hindurchschob.

»Entschuldigen Sie bitte nochmal wegen vorhin!«

Ja, es würde eine lange Reise werden.

6

Obwohl er sich für Geografie begeisterte, hatte Jefferson noch nie die Landesgrenzen überschritten, und nun bereitete ihm dies ein Grummeln im Magen. Er hatte ein schlechtes Gefühl dabei, seine gewohnte Welt hinter sich zu lassen, zumal er wusste, dass er gesucht wurde. Er stellte sich vor, wie er ergriffen, mit auf den Rücken gedrehten Armen auf den Boden geworfen, mit Handschellen gefesselt und mitgenommen würde, und er sah schon die Titelseite des *Posthorn* vor sich: *Der Mörder Jefferson Walden von Waldeck verhaftet beim Versuch, mit einer falschen Identität das Land zu verlassen. Die Bevölkerung atmet auf.*

Glücklicherweise bestand die Grenzkontrolle nur aus dem ungeduldigen Herumgefuchtel des diensthabenden Grenzpolizisten: »Weiterfahren! Fahren Sie weiter!«, als ob sie völlig unwichtig wären und nur den Betrieb aufhielten. Sie passierten also problemlos die Grenze und fuhren den ganzen Morgen auf von Platanen gesäumten Landstraßen. Dann und wann durchquerten sie gesichtslose Ortschaften, wobei sie aber dann doch ihre Nasen an den Fenstern plattdrückten. Die Menschen genierten sich nicht, sie anzustarren. Und Kinder schnitten Gesichter oder versuchten sie nachzuäffen, genau konnte man das nicht sagen.

Sie machten Pause für das Mittagsessen in einem für sie allein reservierten Restaurant, fuhren dann weiter auf der Autobahn und erreichten Domburg bei Anbruch der Dunkelheit. Sie waren beeindruckt von der Höhe der Häuser, und es war seltsam, nur oder fast nur Menschen auf den belebten Bürgersteigen zu erblicken. Jefferson hatte noch nie so viele auf einmal gesehen. Zu Hause, im Land der Tiere, begegnete man von Zeit zu Zeit welchen, Geschäftsleuten oder Touristen, aber das waren Ausnahmen. Hier waren sie auf einmal die Norm. Und umgekehrt waren nun die Passagiere im Reimann-Bus auf einmal im wahrsten Sinne des Wortes seltsame Tiere.

Im Hotel *Majestic* kam es Jefferson vor, als stießen die Rezeptionistinnen sich mit den an und müssten ihr Kichern unterdrücken, während sie sie registrierten. Er betrachtete seine Reisegefährten. Sie warteten geduldig mit dem Koffer am Fuß darauf, dass ihnen der Zimmerschlüssel ausgehändigt wurde, und man musste schon zugeben, dass die Bandbreite der Gesichter und Schädelformen Anlass zu einem Lächeln geben konnte: dicke Schweinsköpfe und magere Gesichtchen, lange und abgeplattete Schädel, hängende Ohren und aufgestellte, Hörner, Schnäbel, Schnurrbärte. Er warf einen Blick auf sein eigenes Bild in einem Spiegel, sah seine spitze Schnauze, seine kleinen Knopfaugen, und musste zugeben, dass aus der Sicht eines Menschen …

Anfangs bemühte er sich, nicht vorschnell zu urteilen. Fertige Meinungen sind gefährlich – wer konnte das besser wissen als er? Doch am Morgen, beim Frühstück, geschah Folgendes: Herr und Frau Brüderle, die beiden älteren Schafe, hatten sich schick gemacht, parfümiert, frisiert und sorgfältig gekleidet. Er trug ein perfekt gebügeltes weißes Jackett, sie eine geblümte Bluse. Die beiden traten als letzte in den Frühstücksraum, schüchtern und sich am Arm haltend.

»Ein bisschen Bewegung, meine Dame, mein Herr, ein bisschen Bewegung!«, rief ein Kellner ihnen zu.

Das war nicht wirklich böse gemeint, aber Jefferson mochte diesen rüden Umgangston nicht. Er selbst war gerade dabei, am Nachbartisch sein Frühstück zu beenden.

»Glaubst du, dass er zu einem menschlichen Gast dasselbe gesagt hätte?«

»Ich weiß nicht«, erwiderte Gilbert und tunkte sein drittes Buttercroissant in seinen Kakao. »Du stellst komische Fragen.«

»Ja, die stelle ich mir. Ich frage mich, ob die Menschen uns nicht zufällig ein wenig von oben herab behandeln.«

In Wahrheit konnte man seinen Eindruck in wenigen Worten zusammenfassen: Man behandelte sie als minderwertige Wesen. Im besten Fall wie Kinder, im schlechtesten wie Zurückgebliebene. Er fand das sehr unangenehm. Und dann gab es ja noch die delikate Frage der Gerichte bei den Mahlzeiten.

Der Hoteldirektor hatte sie in seiner kurzen Begrüßungsansprache am Abend ihrer Ankunft angeschnitten und dabei sogar noch versucht, einen Witz zu machen: »Wir haben natürlich darauf geachtet, dass Sie keine unangenehmen Überraschungen auf Ihrem Teller vorfinden werden, nicht wahr, hahaha! Ich persönlich fände es auch nicht gut, wenn ich auf meinem Teller ein Stück von meinem Vetter oder meiner Schwester fände, ich nehme daher an, Sie auch nicht!«

Niemand hatte gelacht, auch Walter Schmitt nicht, und man war zu etwas anderem übergegangen.

Glücklicherweise erwiesen sich andere Menschen als sehr respektvoll, zum Beispiel Roxane, die junge Frau, die sie während ihres Aufenthalts führen sollte. Sie studierte Geografie, wie Jefferson, und mit diesem Job finanzierte sie ihr Studium. Sie konnte Führungen auf Englisch, Deutsch und Französisch machen. Sie hatte einen knallorangefarbenen Wuschelkopf. Gilbert fand, dass sie so gut erklärte, dass er das Gefühl hatte, intelligent zu sein. Jefferson stimmte ihm zu; sie machte ihre Sache wirklich sehr gut.

An diesem Morgen, gerade nach dem Vorfall beim Frühstück, begaben sich die siebenundzwanzig »Reimanns, untrennbar auf Gedeih und Verderb«, wie sie sich inzwischen nannten, zu Fuß zur Kathedrale von Domburg. Sie liefen durch die gepflasterten engen Gassen der Altstadt, und als sie an einem Kurzwarenladen namens *Chez Simone* vorbeikamen, wollte Walter Schmitt um jeden Preis die unglückliche Häsin unter dem Namensschild abbilden, das ihren Vornamen trug. Er nötigte sie zu posieren und zu lächeln. Sie zierte sich ein wenig, konnte aber nichts gegen das Wildschwein ausrichten.

Der dicke Angorakater, eingezwängt in seinen viel zu engen Anzug, blieb immer wieder zurück, ohne auf die anderen zu achten, und fotografierte so gut wie alles: Autos, Werbeplakate, Zeitungskioske.

Es war nicht sehr warm auf dem Vorplatz der Kathedrale, und Roxane, stets aufmerksam, hatte ihre kleine Truppe auf einem besonnten Fleckchen versammelt. Schwungvoll begann sie: »Wir müssen wissen, meine Damen und Herren, dass in der Folge der großen Pest von 1642 eine Wallfahrt …«

»1642! Verdammt lange her!«, meldete sich Herr Schmitt zu Wort. Seine Konzentrationsfähigkeit reichte immer nur für höchstens drei Minuten. Jenseits dieser Grenze musste er sich unbedingt zu Wort melden. »Liebling!«, hielt seine Frau ihn zurück, aber er konnte nicht anders.

»… eine Wallfahrt gestiftet wurde zum Dank an die Jungfrau Maria, weil sie das Volk beschützt hatte …«

Alle hörten aufmerksam zu, wie gute Schulkinder. Herr und Frau Brüderle, die Schafe, nickten die ganze Zeit zustimmend, und die beiden Füchsinnen hielten sogar den Mund.

Roxane endete nun ihren Vortrag: »Und nun wissen Sie, meine Damen und Herren, wie dieses großartige Bauwerk entstanden ist. Wir gehen jetzt hinein. Ich möchte Sie deshalb bitten, Ihre Hüte, Mützen und sonstigen Kopfbedeckungen abzunehmen. Wie Sie sehen, nehme ich auch meine ab.«

Darauf nahm sie ihre Mütze ab, zeigte ihre Haare, die so sehr leuchteten, dass sogar die Eichhörnchen hätten neidisch werden können, schwenkte ihre kleine Fahne mit der Aufschrift REIMANN-REISEN über ihrem Kopf und begab sich zum Eingang. Alle folgten ihr auf dem Fuße.

Der Besuch der Kathedrale war mehr als interessant; die Schönheit des Schiffs, der Säulen, der Fenster, der großen Orgel, all dieser Wunder, die die Menschen zu erdenken und zu realisieren vermocht hatten, war atemberaubend. Doch Jefferson vergaß nicht, weshalb sie gekommen waren, Gilbert und er. Ihre Ermittlungen befanden sich auf dem Nullpunkt, und die Ungeduld nagte an ihm.

In der Mitte des Nachmittags beschleunigte sich plötzlich alles. Ihr Bus fuhr den Kanal entlang. Roland fuhr Schritttempo, damit seine Passagiere beobachten konnten, wie sich die Fassaden tanzend im Wasser spiegelten. Roxane nahm immer wieder das Mikrofon zur Hand, um auf die eine oder andere Sehenswürdigkeit aufmerksam zu machen oder eine Anekdote zu erzählen.

»Das Haus zu Ihrer Linken wird das Haus der Nonne genannt, weil hier ein junges Mädchen wohnte, das ihr Vater unbedingt mit einem uralten Geizhals verheiraten wollte, und …«

Plötzlich sprang Gilbert beinahe von seinem Sitz auf.

»Jeff, da ist es!«, flüsterte er dann.

Kein Zweifel! Die hübsche Fußgängerbrücke über den Kanal, die bunten Fassaden der Häuser, die Bäume, ein paar Kähne, die am Ufer festgemacht hatten. Jefferson holte aus der Innentasche seiner Jacke die Postkarte, die er sorgfältig hütete, seit Carola sie ihm anvertraut hatte. Alles war da, außer den Radfahrern! Sie mussten sich zusammenreißen, damit sie nicht schrien: »Roland, stopp, wir steigen hier aus!« Jefferson hielt Gilbert am Ärmel fest.

»Lass! Wir werden heute Abend zurückkommen.«

Sie waren schon längst an der Brücke vorbeigefahren, aber Jefferson betrachtete immer noch die Postkarte – fast wie hypnotisiert.

»Warum starrst du so darauf?«, fragte Gilbert.

Jefferson zögerte ein wenig, dann sagte er: »Gilbert, was siehst du da?«

Er zeigte mit dem Nagel seines kleinen Fingers auf ein Detail des Fotos, genauer, die Eingangstür eines Hauses auf der anderen Seite des Kanals. Gilbert kniff die Augen zusammen.

»Nichts, ich seh' nichts.«

»Aber doch, guck doch, da!«

»Meinst du diesen schwarzen Punkt?«

»Ja. Ich glaube, der ist mit der Spitze eines Filzstifts gemacht worden, stimmt's?«

»Vielleicht. Und?«

»Das heißt, dass es diesen Punkt nicht auf dem ursprünglichen Foto gab, dass also jemand, zweifellos Herr Edgar, auf etwas hinweisen wollte, so wie du einen Pfeil auf eine Postkarte zeichnest und dazu schreibst: Hier wohnen wir!«

Gilbert nahm die Karte, befeuchtete seinen Zeigefinger und rieb damit über den Punkt. Er verwandelte sich in einen winzigen schwarzen Strich.

»Ja, das ist Filzer. Aber es sieht so aus, als hätte Herr Edgar schon versucht, ihn wegzuwischen, was aber nicht ganz geglückt ist.«

»Du hast recht«, antwortete Jefferson, »das ist wie mit diesem durchgestrichenen Satz. In beiden Fällen hat er etwas sagen oder zeigen wollen.«

»Bravo, Sherlock!«, zeigte sich Gilbert begeistert. »Echt, du erstaunst mich immer wieder aufs Neue!«

Der Besuch im Schuhmuseum kam ihnen endlos vor, zumal Clarissa, das Huhn, fasziniert von der Technik des gewendeten Stoffs bei der Herstellung von Pantoffeln war und mindestens dreißig Fragen dazu stellte. Herr Schmitt wiederum wiederholte dreimal den Gag, einen Schuh zu nehmen, sein Inneres zu beschnüffeln und dann in die Runde zu rufen: »Aber ja, der ist ja schon getragen!«

Sie wurden beinahe verrückt vor Ungeduld und nahmen sich, wieder im Hotel, kaum die Zeit, die Kleider zu wechseln, bevor sie zum Kanal flitzten, mit klopfenden Herzen bei dem Gedanken daran, dass ihre Ermittlung endlich begann.

Das Viertel lag friedlich da an diesem späten Nachmittag. Sie blieben in der Mitte der Fußgängerbrücke stehen und betrachteten die vielen Vorhängeschlösser, die Verliebte am Geländer befestigt hatten. Gilbert sah sich eins von Nahem an.

»Guck mal, das ist ja irre, da steht *Carola und Jefferson, ewige Liebe!*«

Jefferson gab ihm einen Klaps auf den Hinterkopf, und sie gingen hinüber. Das Haus, das Edgar mit der Spitze seines Filzstifts markiert hatte, trug die Nimmer 42. Die Mauern bestanden aus ockerfarbenen Ziegeln, und die Öffnungen darin waren schmal. Wenn nicht zwei Blumentöpfe mit Geranien auf der Fensterbank gestanden hätten, hätte man das Haus für unbewohnt halten können. Sie gingen näher heran. Auf dem kleinen Kupferschild stand ein Name:

Magdalena Rolser

Gilbert drückte ein paar Mal den Klingelknopf, doch die Klingel funktionierte nicht. Jedenfalls konnte man nichts hören.

Er klopfte, ohne damit mehr zu erreichen. Eine kalte Dusche für ihre Begeisterung. Sie liefen nun die Umgebung ab. Wenn Herr Edgar hier im Viertel bekannt war, würden sie vielleicht auf jemanden stoßen, der ihm begegnet war. Jefferson zog das aus der Zeitung ausgeschnittene Foto hervor und zeigte es einem etwa fünfzigjährigen Mann, der mit seiner Zeitung unter dem Arm vorbeikam.

»Entschuldigen Sie bitte, könnte es vielleicht sein, dass Sie diese Person schon einmal gesehen haben?«

Der Mann, der groß war, beugte sich zu Jefferson, der klein war, hinab und lächelte amüsiert.

»Möglich, aber das ist ein Dachs, und die sehen alle gleich aus.«

Auch die nächsten waren keine große Hilfe: »Nein, nie gesehen.« ... »Ist das ein Musikstar bei euch, so ein Schnulzensänger?« ... »Tut mir leid, das sagt mir nichts.« ... »Entschuldigung, ich habe keine Zeit.« ... »Haben Sie Ihren Ausweis dabei?«

Endlich landeten sie in einem kleinen Café im Retrostil, gegenüber einem Flusskahn. Vielleicht war Herr Edgar hier auch eingekehrt? Sie hatten beide Lust auf eine Cola, waren aber der Meinung, dass man sie ernster nehmen würde, wenn sie zwei Bier bestellten. Als der Kellner die Getränke brachte, konnte er sich nicht enthalten zu witzeln: »Brauchen die Herren ein Kissen, um an den Tisch zu kommen?«

Gilbert zuckte mit den Schultern und bemühte sich, laut und fest zu sprechen:

»Kein Kissen, danke! Haben Sie vielleicht diese Person schon einmal in Ihrem Café gesehen?«

Der Kellner nahm das Foto in die Hand, um es zu betrachten, und fing ganz offen an zu lachen:

»Hahaha! Nein, bestimmt nicht! Denn wenn ich diesen Kopf da gesehen hätte, hätte ich ihn bestimmt nicht vergessen.«

Sie verließen das Lokal, mit etwas weichen Knien und benebeltem Kopf. Die Aussichten waren jetzt düster. Sie würden noch eine Woche damit zubringen, das Rüben- und das Nähmaschinenmuseum zu besichtigen, die zweifelhaften Witze von Walter Schmitt zu ertragen, um gar nicht von Simones Nervenschwäche zu reden, die sich als ansteckend erweisen könnte. Und was würde danach passieren? Gilbert könnte mit *Reimann-Reisen* zurückfahren, aber Jefferson? Er würde nur die Wahl haben zwischen lebenslänglichem Gefängnis in seinem Land oder dem Exil bei den Menschen, auf immer allein, ein Fremder, verloren. Seine Kehle schnürte sich zu.

Sie machten noch einmal auf der Mitte der Fußgängerbrücke halt, um einem Boot nachzuschauen, das unter ihnen hindurchfuhr, vor allem aber, um den Abschied von diesem Ort der Hoffnung etwas zu verzögern. Dies war die einzige Stelle, wo sie eine Chance hatten, eine Spur von Herrn Edgar zu finden, und sie zu verlassen, würde ihre Niederlage besiegeln.

Sie blickten dem Boot hinterher, bis es hinter der nächsten Biegung des Kanals verschwand, dann folgte ihrer beider Blick, ohne dass sie sich darüber verständigt hätten, einer kleinen Frau, die unten auf dem Bürgersteig an den Häusern entlangging. Sie trug ein schweres Netz mit Lebensmitteln, wodurch sie gezwungen war, alle vier oder fünf Meter den Arm zu wechseln.

Sie schwiegen, aber gingen beide heimlich dieselbe Wette ein, und als sie vor der Nummer 42 stehen blieb und in ihrer Tasche kramte, stupsten sie sich mit dem Ellenbogen an.

»Ge-ni-al«, murmelte Gilbert und ballte die Fäuste.

Sie warteten ein wenig, bevor sie klopften. Sie durften die alte Dame weder brüskieren noch erschrecken.

»Sie wünschen?«, fragte sie, als sie die Tür einen Spalt weit öffnete.

Sie war größer als sie, aber sehr klein für eine Menschenfrau, und sie mochte gut achtzig Jahre alt sein, womit die ohnehin schon verrückte Idee des Liebesabenteuers von Herrn Edgar wohl endgültig aus der Welt war.

Sie hatte Zeit gehabt, ihre Jacke abzulegen, und eine Schürze umgebunden. Eine riesige schwarz-weiße Katze rieb sich an ihrem Bein.

»Guten Tag, Frau Rolser«, begann Gilbert, liebenswürdiger als ein Staubsaugervertreter und offensichtlich darauf bedacht, sie nicht zu verschrecken. »Wir sind Freunde dieser Person. Kennen Sie sie zufällig?« Gilbert zeigte ihr das ausgeschnittene Foto von Herrn Albert aus dem *Posthorn.*

»Aber das ist doch Herr Karl!«

Die Antwort war wie aus der Pistole geschossen gekommen, verschönert durch ein hübsches runzliges Lächeln. Sie blickte die beiden an, und es war, als hätten sich die freundschaftlichen Gefühle, die sie für den empfand, den sie Herr Karl nannte, sogleich auf sie übertragen.

»Ja«, plapperte Gilbert weiter, ohne sie zu korrigieren, »das ist Herr Karl. Sie kennen ihn?«

Sie lachte. Und ob sie Herrn Karl kannte. Man fragte sie, ob sie Herrn Karl kannte!

»Bitte kommen Sie herein, meine Herren!«

Die Wohnung war winzig und altertümlich eingerichtet, und sauber. Das noch volle Einkaufsnetz wartete auf einem Stuhl. Die alte Dame ließ sie sich am Küchentisch niedersetzen und servierte ihnen zwei Gläser mit Granatapfelsaft zusammen mit einem Teller Butterkekse.

Für sich selbst bereitete sie einen Kaffee zu. Die Katze war auf Gilberts Knie gesprungen und drehte sich mehrfach um sich selbst, bis sie die bequemste Position gefunden hatte, sich zusammenrollte und im Vorgriff auf versprochene Zärtlichkeiten losschnurrte.

»Sie ist ein Weibchen«, sagte Frau Rolser. »Sie heißt Josefine und ist sehr zärtlichkeitsbedürftig.«

»Das seh' ich«, grummelte Gilbert.

»Kraulen Sie sie ruhig ein bisschen am Bauch.«

»Ich kraule ja«, antwortete Gilbert und musste niesen.

Beide hatten sie nicht die geringste Ahnung von Haustieren, aber sie wussten, dass Menschen an ihnen hingen, und sie durften Frau Rolser auf keinen Fall beleidigen.

»Warum ist Herr Karl letzten Sonntag nicht gekommen?«, fragte sie.

»Er muss verhindert gewesen sein«, antwortete Jefferson und sah dabei die beiden cremefarbenen Schuhe nebeneinander auf den Fliesen des *DeliCut* vor sich, die Schere, den roten Fleck auf dem Kittel. Eigentlich war das gar keine Lüge: Herr Karl war wirklich verhindert.

»Geschäfte gewiss«, fuhr die alte Dame fort, »ich verstehe. Er hat mir immer gesagt, ich solle mich nicht beunruhigen, wenn er einmal nicht käme. Eben wegen seiner Geschäfte. Aus diesem Grund bezahlt er die Miete für sein Zimmer auch im Voraus. Immer.«

»Die Miete für sein Zimmer?«

»Ja, er hat hier sein Zimmer, im ersten Stock. Oh, er benutzt es nur eine Nacht in der Woche, aber jetzt schon seit zwei Jahren. Und er ist so ein freundlicher Herr. Aber nun sagen Sie mir, wie geht es ihm?«

Gilbert wühlte aufs Schönste in Josefines dickem Fell und öffnete den Mund, um zu antworten – doch nichts kam heraus. Stattdessen hatte seine Nase angefangen zu laufen, und er musste dreimal hintereinander niesen. Jefferson wiederum drehte das Glas in seiner Hand, verlegen wie selten zuvor in seinem Leben. Die alte Dame sah sie einen nach dem anderen an und wartete auf eine Antwort. Schließlich gab sich Jefferson einen Ruck. Er sah ihr in die Augen und sagte ganz leise: »Es … es geht ihm nicht sehr gut.«

7

Alte Leute haben wenig Tränen, aber das macht ihren Schmerz nicht geringer. Frau Rolser war auf ihrem Stuhl zusammengesunken und hörte nicht auf zu seufzen, während sie ihr Taschentuch an ihre Augen, ihren Mund, ihre Nase presste.

»Ach, der arme Herr Karl«, stöhnte sie bei jedem neuen Detail, das Jefferson seinem Bericht hinzufügte, und sie wurde noch einmal so traurig, als er Carola erwähnte.

»Er betete sie an, er hat mir Fotos von ihr gezeigt. Ach, der arme, arme Herr Karl!«

Schluchzend erzählte sie, dass er ihr oft Proben von Shampoos, Färbemitteln und Haarspülungen geschenkt hatte. Einmal hatte er ihr sogar einen Fön mit regelbarer Temperatur zu Weihnachten geschenkt, den könnte sie ihnen zeigen. Ach, wenn man den Mörder nur verhaften und sicher einsperren könnte. Sie würde ihm bestimmt nichts zum Naschen bringen.

»Genau dafür – *hatschi!* –, dafür sind wir hergekommen, Magdalena, um ihn zu stellen. Könnten wir – *hatschi!* – vielleicht einen Blick in das Zimmer von Herrn Ed… von Herrn Karl werfen?«, fragte Gilbert.

Jefferson war etwas erstaunt über dieses »Magdalena«, über die plötzliche Vertraulichkeit seines Freundes, doch als er sich zu ihm umdrehte, wurde diese Einzelheit weggewischt von etwas anderem, viel Spektakulärerem: Das Volumen von Gilberts Kopf hatte um ein Drittel zugenommen, und eine Anzahl roter Pusteln war darauf aufgeblüht. Seine Augen waren unter den geschwollenen Lidern so gut wie verschwunden und zwar in solch einem Grade, dass man sich fragen musste, ob er überhaupt noch etwas sah. Seine Nase sonderte ein nicht enden wollendes Rinnsal ab, und er nieste so gut wie ununterbrochen.

»Ich glaube, du solltest aufhören, dieses Tier zu streicheln«, raunte Jefferson ihm zu. »Du hast eine Katzenhaarallergie.«

Das Zimmer von Herrn Karl war spartanisch eingerichtet, mit nur den allernötigsten Möbelstücken. Ein Bett in der einen Ecke, ein billiger Kleiderschrank, ein kleiner Sekretär ohne irgendein Dokument darauf, ein Stuhl, ein Waschbecken. Auf der Tapete waren bunte Sirupgläser mit Strohhalmen darin abgebildet. Sie bedeckte alle vier Wände und sogar die Decke. Das Fenster blickte auf den Kanal.

»Würden Sie mich einen Blick in den Kleiderschrank werfen lassen?«, frage Jefferson.

Er hatte die Dinge in die Hand genommen, denn Gilbert war nicht mehr in der Lage, sich nützlich zu machen. Er war allzu sehr damit beschäftigt, zu niesen, seine Nase an seinem Ärmel abzuputzen und mit dem Fuß Josefine wegzustoßen, die sich definitiv in ihn verliebt hatte.

»Wenn es der Ermittlung dient …«, seufzte die alte Dame, »machen Sie schon.« Doch als Jefferson die Tür öffnete und sie den verwaisten Regenmantel auf seinem Bügel sah, musste sie wieder weinen.

»Der arme Herr Karl.«

Jefferson untersuchte die Taschen des Kleidungsstücks, aber fand darin lediglich ein Taschentuch und ein leeres Brillenetui. Es blieb nur noch die Schublade des Sekretärs. Er versuchte vergeblich, sie zu öffnen.

»Haben Sie vielleicht den Schlüssel für diese Schublade, Frau Rolser?«

»Nein, den habe ich nicht, den hat Herr Karl, nun ja, hatte Herr Karl.«

»Und haben Sie vielleicht einen Zweitschlüssel?«

»Nein, auch nicht. Ich habe einen für das Zimmer, aber nicht für die Schublade.«

Wenn Jefferson allein gewesen wäre, hätte er nicht gezögert, das Schloss aufzubrechen, so wichtig war es ihm, einen Hinweis zu finden, der sie wenigstens auf eine Spur, und sei sie auch ungewiss, gebracht hätte. Aber vor der Hausbesitzerin hätte er das nicht machen können. Er versuchte, sie danach zu fragen, was Herr Karl denn zu tun hatte, aber leider hatte sie keinen Schimmer. Er kam am Sonntagabend, aß mit ihr zu Abend, trank einen Kräutertee und ging hinauf auf sein Zimmer. Das war ihr Ritual.

Den ganzen Montag über war er dann verschwunden, kam am späten Nachmittag zurück, um seine Reisetasche zu holen, und fuhr dann mit dem Nachtzug zurück. Er redete nie über seine Geschäfte. Und worüber hätten sie dann geredet? Über alles und nichts, über Kleinigkeiten, sie wusste es nicht mehr genau, außer dass es angenehm gewesen war. Hatte ihn irgendwann einmal jemand auf seinem Zimmer besucht? Nein, niemals. Hatte sie ihn vielleicht einmal mit jemandem telefonieren gehört? Nein, sie lauschte nicht an Türen!

Sie bedankten sich bei ihr und versprachen, im Lauf der Woche noch einmal vorbeizukommen. Es tat ihnen leid, sie mit ihrer Trauer allein zu lassen, aber sie hatten hier nichts mehr zu tun, und es wurde Zeit, wieder zu den »Reimanns« im *Majestic* zu stoßen.

Wie sie nun durch Domburg liefen, waren sie alles andere als unauffällig.

»Was glotzen die mich denn an?«, wunderte sich Gilbert, als er feststellte, dass alle Leute, an denen sie vorbeikamen, sich nach ihm umdrehten. »Habe ich etwa Zahnpasta an der Backe hängen?«

»Es ist ein bisschen schlimmer als das, mein Schweinchen. Guck dich mal in dem Schaufenster da an!«

Zuerst erkannte Gilbert sich überhaupt nicht, dann sprang er erschrocken zurück.

»Bin ich das?«

Das Ödem war inzwischen noch weiter angeschwollen, und die Pusteln waren dicker geworden, sodass er jetzt aussah wie eine unbekannte Sorte von Riesenerdbeeren.

Manch einer hätte an seiner Stelle zu weinen begonnen, aber das war nicht Gilberts Art. Im Gegenteil, am Ende ihres Marschs bogen sie sich jedes Mal vor Lachen, wenn sie an einem Spiegelbild des Monsters vorbeikamen.

Im Hotel *Majestic* wurde gerade das Abendessen aufgetragen, doch Gilbert lehnte es ab, sich in seinem Zustand den »Reimanns« sowie den anderen Hotelgästen zu zeigen. Sie bestellten zwei Sandwichs und gingen direkt auf ihr Zimmer Nr. 108 im ersten Stock.

Roland, der alarmiert worden war, stimmte zuerst in ihr Gelächter ein, dann sorgte er dafür, dass ein Arzt kam und Gilbert die erlösende Spritze in die linke Hinterbacke gab.

Eine Stunde später ruhte Gilbert, der in seinem Zustand stark an den Elephant Man erinnerte, auf seinem Bett, immerhin schon ein wenig abgeschwollen, völlig beruhigt und sein Handbuch in der Hand.

»Wusstest du schon, Jeff: Wenn du 80 fährst, musst du einen Mindestabstand von acht mal sechs, also 48 Metern zwischen dir und dem Fahrzeug vor dir halten, und wenn du 120 fährst, musst du …«

Jefferson gab keine Antwort. Auch er lag auf seinem Bett, auf der anderen Seite des Nachttischs, und blickte gedankenverloren zur Decke.

»Gilbert?«

»Ja?«

»Vielleicht sind wir auf der falschen Fährte. Vielleicht hat der Mord an Herrn Edgar gar nichts mit hier zu tun.«

Gilbert ließ sein Führerscheinhandbuch auf seinen Bauch fallen, dann hielt er nach einer langen Pause – er nahm sich Zeit – eine kleine Rede:

»Sie haben vielleicht recht, Herr Gutbrod, ja wirklich, Sie haben zweifellos recht, außer dass, und nun hören Sie gut zu: 1. ein braver harmloser Dachs im Land der Tiere in seinem Friseursalon ermordet wird, 2. eine Stunde nach dem Verbrechen ein junger Igel um Haaresbreite von einem Auto überfahren wird, das mit zwei Menschen an Bord Richtung Grenze rast, 3. wir erfahren, dass Herr Edgar, das ist das Mordopfer, sich seit zwei Jahren jede Woche zu den Menschen begibt, ohne einer Menschenseele, nicht einmal seinen Angehörigen, zu sagen, warum er das tut, 4. er sich statt ein Hotelzimmer zu nehmen, das er sich ohne Weiteres hätte leisten können, inkognito bei einer alten Dame einmietet, der er sich unter falschem Namen vorstellt, nämlich als Herr Karl, 5. er eine Postkarte an seine Nichte schickt, auf der er über die Menschen schreibt: *aber sie können leider auch …* und den Halbsatz durchstreicht, als hätte er zu viel gesagt. Bei Nummer wieviel bin ich jetzt? Sechs oder sieben?«

»Bei sechs«, half ihm Jefferson.

»Also, außer dass er zudem 6. auf derselben Postkarte auf sein Versteck hinweist, mit dem winzigen Punkt eines Filzstifts, und es des scharfen Auges des oben erwähnten jungen Igels bedarf, um das überhaupt zu bemerken, 7. er kein Wort darüber verliert, was er hier treibt, nicht einmal gegenüber Frau Rolser, seiner Zimmerwirtin, er erwähnt lediglich seine ›Geschäfte‹, und 8. er in seinem Zimmer keinerlei Spuren hinterlässt, die zu ihm oder den Leuten, mit denen er zu tun hatte, führen könnte. Nun, Herr Gutbrod, möchten Sie, dass ich fortfahre? Ich weiß nicht, was Sie darüber denken, aber ich glaube, dass Herr Edgar, so ein freundlicher Friseur er auch war, hier mit geheimen Dingen zu tun hatte, gefährlichen Dingen, sogar so gefährlichen, dass sie ihn am Ende das Leben gekostet haben.«

Jefferson ging nicht darauf ein.

»Sag mal, könnte es sein, dass die allergische Reaktion dein Gehirn anregt? Du beeindruckst mich. Du solltest nicht Heizungsmonteur werden, sondern Anwalt für internationales Recht oder sowas.«

Was nichts daran änderte, dass Gilberts Worte ihm Gänsehaut gemacht hatten.

»Also«, fing er nach kurzem Schweigen wieder an, »kurz gesagt, wir müssen diese Schublade aufkriegen, nicht wahr?

Und ich schätze mal, du bist nicht besonders heiß darauf, noch einmal zu Frau Rolser und ihrer Katze zu gehen.«

»In der Tat, gut gedacht.«

»Einverstanden. Ich werde allein hingehen«, entschied Jefferson, »und ich werde die Schublade öffnen! Was steht noch mal auf dem Programm unserer Reisegruppe für morgen früh?«

»Ich glaube, wir leihen uns Fahrräder, um den Park und die Orangerie zu besuchen, sowas.«

»Gut, dann werdet ihr ohne mich radeln.«

Sie machten das Licht aus, aber sie konnten beide nicht schlafen. Gegen Mitternacht rief Jefferson leise: »Gilbert?«

»Ja.«

»Sag mal – stellen wir uns vor, du hättest etwas Wertvolles in der Schublade deines Sekretärs verborgen, was machst du?«

»Ich schließe sie ab.«

»Okay, und was machst du mit dem Schlüssel, wenn du das Zimmer verlässt?«

»Ich stecke ihn mir in die Tasche.«

»Und wenn du ihn nicht mit dir herumtragen willst?«

»Dann versteck' ich ihn im Zimmer.«

»Wo?«

»Keine Ahnung.«

»Ich glaube, ich würde den Sekretär von der Wand wegschieben, auf der Rückseite einen Nagel einschlagen, meinen Schlüssel dranhängen und den Sekretär wieder an die Wand schieben.«

Am Morgen erlebte Gilbert eine angenehme Überraschung im Badezimmerspiegel. Sein Kopf hatte fast wieder einen normalen Umfang, und seine Lider waren völlig abgeschwollen.

Trotz dieser Verbesserung hatte er immer noch die Pusteln und war die Sensation im Frühstücksraum. Die Füchsinnen, Expertinnen in Dermatologie, empfahlen ihm verschiedene Cremes, aber er lehnte ab. Jefferson frühstückte in Höchstgeschwindigkeit und verschwand.

Er lief bis zur Fußgängerbrücke, glücklich darüber, diesmal allein agieren zu können und eine, wie er hoffte, gute Idee gehabt zu haben. Hundertmal hatte er während der Nacht in seiner Fantasie seine Hand zwischen die Rückseite des Sekretärs und die Wand geschoben, hundertmal hatten seine Finger den Nagel ertastet, hundertmal hatte er »Bingo!« gerufen.

Frau Rolser war offenbar froh, ihn so bald schon wiederzusehen. Sie ließ ihn in der Küche Platz nehmen, und er musste, wie am Abend zuvor, ein Glas Granatapfelsaft trinken und ein paar Butterkekse knabbern, während sie sich erneut einen Becher Kaffee eingoss. Sie trank den anscheinend literweise. Josefine lag zusammengerollt auf ihrer Decke und nahm keine Notiz von ihm.

»Geht es Ihrem Freund wieder besser?«

»Entschieden besser, kann ich Ihnen versichern. Der Arzt ist gekommen und hat ihm eine Spritze gegeben. Alles in Ordnung. Stellen Sie sich vor, dass ich heute Nacht überlegt habe …«

»Ich habe so gut wie überhaupt nicht geschlafen. Ich habe an all die schönen Momente zurückgedacht, die ich mit Herrn Karl verbracht habe. Er wird mir fehlen, o ja, er wird mir fehlen …«

»Ich verstehe, Frau Rolser. Ja, ich habe mir also gesagt, heute Nacht, dass vielleicht …«

»Eines Sonntagabends hatte ich ihm ein Käsesoufflé gemacht, und wie Sie wissen, wartet ein Soufflé nicht. Ich schaue auf die Uhr: kein Herr Karl. Viertel nach acht: immer noch kein Herr Karl. Mein Soufflé begann schon zusammenzufallen. Sie verstehen meine Ungeduld …«

Und meine eigene!, dachte Jefferson, der innerlich kochte und schon aufstand, um die Sache abzukürzen. Doch er musste sich die Geschichte mit dem Soufflé bis zum Ende anhören.

»Tatsächlich«, rief die alte Dame plötzlich, stand auf und steckte ihre Hand in die Tasche ihrer Schürze, »habe ich mir in dieser Nacht überlegt, dass Herr Karl den Schlüssel zu der Schublade vielleicht in seinem Zimmer versteckt hat. Ich habe dann eine Weile nachgedacht. Wo hätte ich ihn denn versteckt? Und dann hatte ich eine Idee. Ich bin aufgestanden und hinaufgegangen auf sein Zimmer. Ich habe meine Hand zwischen den Sekretär und die Wand geschoben, und wissen Sie was? Da war er, der Schlüssel, aufgehängt an einem Nagel. Darauf musste erst einmal einer kommen, nicht wahr? Interessiert Sie das noch immer?«

Gemeinsam gingen sie nach oben. Die Sonne drang durch den Vorhang und tauchte den Raum in ein goldenes Licht. Ein Kahn schwamm auf dem Kanal vorbei. Man konnte sich kaum ein friedlicheres Bild vorstellen.

Jefferson drehte den Messingschlüssel im Schloss der Schublade. Die war leer. Er zog sie trotzdem ganz heraus, nahm sie aus der Führung und stellte sie auf den Kopf. Dann steckte er seine Hand in den Hohlraum, erkundete ihn auf den Seiten, und an der Decke stießen seine Finger auf eine kleine Erhebung. Es war ein zusammengefaltetes Stück Papier mit ein paar Zentimetern Seitenlänge, das mit Tesafilm am Holz befestigt war. Er zog es ab und entfaltete es. Handschriftlich waren dort zehn Ziffern notiert. Die erste war eine

0 und die zweite eine 1, was darauf schließen ließ, dass es sich um eine Handynummer handelte. Das war alles. Aber vielleicht war das ja bereits viel. Jedenfalls war diese Nummer so wichtig, dass Herr Edgar sich die Mühe gemacht hatte, sie sorgfältig zu verstecken. Dies bedeutete auch, dass er sie nirgendwo anders notiert hatte, mit Sicherheit weil es gefährlich war, sie bei sich zu haben.

Während er das Papier in seine Brieftasche legte, hatte Jefferson das Gefühl, Herr Edgar stünde neben ihm, wie ein schüchternes Gespenst. Er trug nicht mehr seinen Friseurkittel, sondern seinen Regenmantel. Er war einfach nur da und sah den jungen Igel traurig an. Seine Augen schienen sagen zu wollen: *Wird dieses kleine Stückchen Papier Ihnen genügen?* Aber auch: *Seien Sie vorsichtig, es ist gefährlich, wissen Sie ...*

Jefferson steckte die Brieftasche wieder ein. *Machen Sie sich keine Sorgen, Herr Edgar, Gilbert und ich werden Sie nicht im Stich lassen,* sagte er in Gedanken. Er spürte, dass er eine Aufgabe hatte, und das erfüllte ihn ebenso sehr mit Stolz wie mit Angst.

Das schöne Wetter hatte sich gehalten, und Jefferson musste lächeln, als er sich vorstellte, wie die bunt zusammengewürfelte Gruppe von *Reimann-Reisen* gerade durch den Park radelte. Es wäre noch früh genug gewesen, um zu ihnen zu stoßen, aber er zog es vor, ein bisschen auf den Straßen der Stadt spazieren zu gehen. Lag es daran, dass er allein war? Jedenfalls bemerkte er deutlicher als zuvor, wie manche Menschen ihn amüsiert betrachteten, wenn nicht sogar verächtlich. Besonders die Kinder genierten sich nicht, ihn anzustarren. Er war genauso groß wie sie, und sein Igelkopf gefiel ihnen offenbar. Eines fragte sogar mit seiner hohen Stimme: »Hat er eine Maske auf, der Junge da?«

Seine Mutter zog es peinlich berührt fort. Ihm begegneten auch mehrere Personen, die ihre Hunde an der Leine hielten. Das bereitete ihm ein unangenehmes Gefühl, und er vermied es hinzugucken.

8

Der *Reimann-Reisen*-Nachmittag war dem Besuch in einer Fabrik für Windbeutel zwanzig Kilometer außerhalb der Stadt geweiht. Roland fuhr die Gruppe mit dem Bus, in den man Frau Schmitt hatte hineinheben müssen, denn sie war im Park mit ihrem Rad gestürzt, als sie über einen Bewässerungsschlauch fuhr. Sie hatte einen dicken Verband um das rechte Knie und schreckliche Schmerzen, wollte aber auf keinen Fall allein im Hotel zurückbleiben. Zu viert hatten sie das Manöver vollbracht, dirigiert von Walter, den man bei dieser Gelegenheit als sehr viel aufmerksamer im Umgang mit seiner Frau erlebte, als man gedacht hatte. »Geht's, Liebling?«, fragte er sie ein ums andre Mal und wachte über sie, indem er die Träger ermahnte: »Vorsichtig, Leute, vorsichtig!«

In der Windbeutelfabrik durften sie selbst das berühmte Gebäck herstellen. Sie alle zogen Küchenschürzen an und folgten den Anweisungen des Konditors. Nichts verbindet so sehr wie eine gemeinsame Aktivität, und alle waren gut gelaunt, während sie die Füllungen zubereiteten, den Teig rührten und mit dem Spritzbeutel hantierten. Die beiden Füchsinnen gestanden, dass sie zu Hause nie kochten oder backten, fanden aber alles total cool. Der Kater war merkwürdigerweise immer etwas hinterher und schaute noch ratloser drein als sonst. Frau Schmitt folgte dem Geschehen von einem Stuhl aus und hoffte zweifellos, dass sie wenigstens dabei sein würde, wenn die fertigen Windbeutel am Ende probiert würden.

Jefferson, der ein leidenschaftlicher Bäcker war, vermochte sogar von Zeit zu Zeit seine Ermittlungen vergessen, allerdings jeweils nur ein paar Minuten lang. Dauernd kehrten seine Gedanken zu der Telefonnummer zurück, die in seiner Brieftasche steckte. Wer verbarg sich wohl dahinter? Wer würde antworten? Und was sollte er sagen?

Sie waren gerade dabei, ihre Windbeutel in den Ofen zu schieben, als Clarissa, das Huhn, das vierzehntausend Fragen zur Pantoffelproduktion gestellt hatte, sich zwischen Jefferson und Gilbert drängte. Sie war ganz eifrig bei der Sache.

»Heute ist der Hochzeitstag von Herrn und Frau Perl«, flüsterte sie, »ihre Silberhochzeit, und ich würde gern ein kleines Geschenk für sie besorgen. Sind Sie mit dabei?«

»Wer ist denn das?«, fragte Gilbert.

»Das sind die beiden Eichhörnchen.«

Sie hatte sich mit dem Paar angefreundet und fand, dass es sehr nett wäre, den beiden zu dem Anlass etwas zu schenken.

»Aber natürlich!«, zeigten sich die beiden Reisegefährten einverstanden und steckten ihr einen Geldschein zu.

Am Ende des Nachmittags konnten sie alle in eleganten Schachteln mitnehmen, was sie produziert hatten, doch sie hatten noch keine fünf Kilometer des Rückwegs zurückgelegt, als die beiden Füchsinnen ihre Schachteln schon geleert hatten und dies auch fröhlich kundtaten. Beide waren sie dünn wie ein Faden und konnten so viel verputzen, wie sie wollten, ohne auch nur ein einziges Gramm zuzunehmen – was Frau Schmitt und andere rundlichere Damen zur Verzweiflung brachte.

Der Bus fuhr einen Fluss entlang, und Roxane erzählte am Mikrofon von Hochwassern, Schleusen und Sägewerken. Dann fuhren sie durch ein weniger hübsches Industriegebiet. Der Kater, der seit Beginn der Reise seinen Platz ganz hinten noch nicht gewechselt hatte, fotografierte alles, wie immer. Roxane setzte sich wieder. Für ein Weilchen fuhren sie in aller Stille, denn Roland hatte die gute Idee gehabt, das Radio einmal zu vergessen.

»Was ist denn das für ein Ding?«, fragte Walter Schmitt plötzlich und zeigte auf ein großes Gebäude mit grauen Mauern am Ufer zu ihrer Linken. Zwei vergitterte Lastwagen standen davor.

»Ach, nichts Interessantes …«, sagte Roxane, doch alle merkten, dass sie verlegen war.

»Das heißt?«, insistierte Walter Schmitt, der nicht der Typ war, sich mit einer vagen Aussage zufriedenzugeben.

»Nun ja – das ist der städtische Schlachthof.«

Alle Augen wandten sich dem Gebäude zu und musterten es, bis sie es aus den Augen verloren. Niemand machte eine Bemerkung. Roland schaltete das Radio ein.

Nach dem Abendessen übergab das Huhn ihr Geschenk dem Eichhörnchenpaar. Sie hatte zwar einen zugegebenermaßen schrecklich bemalten Wasserkrug aus Steingut ausgesucht, aber das alte Liebespaar war so gerührt, dass alle davon angesteckt und ebenfalls ergriffen waren. Man sang *Happy Birthday*. Die beiden Eichhörnchen weinten, wünschten allen, dass sie eine Liebe fänden wie die ihre, küssten sich und machten dann die Runde, um sämtliche »Reimanns« zu umarmen, auch die, die nichts gegeben hatten. Jefferson, der eine empfindsame Seele hatte, war nahe daran, Tränen zu vergießen.

»Eigentlich«, sagte er zu Gilbert, »ist so eine organisierte Reise gar nicht so spießig.«

Überraschenderweise bekam auch er ein Geschenk, und zwar von Simone. Sie näherte sich ihm schüchtern und reichte ihm eine kleine Tüte aus der Apotheke.

»Hier, das ist für Sie. Weil Sie heute Morgen nicht dabei waren, habe ich Ihren Freund gefragt, was mit Ihnen los ist, und der hat mir gesagt, Sie seien erschöpft. Ich bin sicher, das ist die Leber. Und deshalb dies hier. Das ist Saft vom schwarzen Rettich. Nehmen Sie einen Monat lang jeden Morgen eine Ampulle, und es wird Ihnen besser gehen!«

Sie gingen erst um einundzwanzig Uhr auf ihr Zimmer, denn wegen des Jubiläums hatte sich das Abendessen hingezogen.

Jefferson setzte sich auf die Kante seines Betts, öffnete seine Brieftasche, nahm das zusammengefaltete Stück Papier heraus und reichte es Gilbert.

»Hier, mein Freund. Das ist es, was wir nach drei Tagen Ermittlung haben: eine Telefonnummer.

Nachdenklich setzte Gilbert sich neben ihn.

»Ich frage mich wirklich, was Herr Edgar hier gemacht hat. Fällt dir irgendetwas dazu ein?«

»Gar nichts«, antwortete Jefferson, und das war die reine Wahrheit.

Die Sache mit dem Liebesabenteuer war abgehakt. Herr Edgar führte kein Doppelleben. Sie hatten auch an eine politische Angelegenheit gedacht, aber der brave Friseur engagierte sich nicht politisch, und wenn, so verstand er, es gut zu verbergen. Finanzgeschäfte also? Auch nicht. Nichts in seinem Auftreten verriet ein besonderes Interesse an Geld. Er brauchte nicht viel zum Leben und schien mit dem, was er hatte, stets zufrieden gewesen zu sein. Sie hatten auch an Drogenhandel gedacht, doch die Wörter »Herr Edgar« und »Drogenhandel« zusammenzubringen, sorgte allenfalls für Lachen. Es war schwer vorstellbar, dass der friedliche Inhaber des *DeliCut* zwischen zwei Dauerwellen mit einem Drogen-Kartell verhandelte. Was blieb, waren nur diese zehn auf ein Stück Papier gekritzelten Ziffern und das dunkle Geheimnis, das sich hinter ihnen verbarg.

»Du kannst dein Handy nicht nehmen«, erinnerte ihn Gilbert, »sonst wirst du sofort geortet. Nimm meins und ruf an.«

»Wieso immer ich?«, fragte Jefferson zurück.

»Weil es hier nun mal um dich geht. Ich erinnere dich daran, dass ich wegen gar nichts angeklagt bin und dass ich zu dieser Stunde eigentlich lernen sollte, wie man ein Raumthermostat einbaut, statt schlechte Windbeutel zu backen.«

Jefferson musste sich in das Offenkundige fügen: Es war an ihm zu handeln. Allerdings stellte sich eine Reihe von Fragen. Die erste war, wie er sich der antwortenden Person vorstellen sollte. Wichtiger aber war noch, wie er verhindern konnte, dass die andere Person sofort wieder auflegte, denn wenn das eintrat, wäre die winzige Hoffnung vertan, etwas über die Mörder von Herrn Edgar in Erfahrung zu bringen.

Gilbert ging sich die Zähne putzen, und Jefferson tat es ihm gleich, um Zeit zu gewinnen. Dann saßen sie wieder zusammen auf der Bettkante und versuchten, eine Strategie auszuarbeiten. Gilbert schlug vor, sie könnten so tun *als ob* und dabei üben. Jefferson sollte sich selbst spielen und er den Gesprächspartner. Das war eigentlich eine gute Idee, doch schon beim ersten Versuch konnte Gilbert nicht anders, als den Idioten zu geben. Er antwortete mit der meckernden Stimme der Ziege: »Ja, hier ist Frau Kristiansen, was kann ich für Sie tun?«, und wälzte sich danach minutenlang vor Lachen auf dem Teppichboden.

Es war beinahe zehn Uhr, als Jefferson sich endlich bereit fühlte anzurufen.

»Ist es nicht schon ein bisschen spät?«

»Nein!«, antwortete Gilbert ärgerlich. »Stell auf laut und mach schon. Jetzt!«

Langsam wählte er, mit Bauchschmerzen. Das Läuten schien ganz weit weg und sehr unsicher zu sein. Sie warteten bis zum sechsten Mal, und Jefferson wollte schon auflegen, eher erleichtert als enttäuscht, als eine weibliche Stimme sich vernehmen ließ:

»Ja, bitte?«

Jefferson sagte seinen Text auf:

»Guten Abend. Mein Name ist Jefferson, ich bin ein Freund von Herrn Edgar. Er ist es, von dem ich Ihre Nummer habe, und …«

»Mir ist kein Herr Edgar bekannt. Tut mir leid. Guten Abend.«

»Warten Sie! Eigentlich ist es Herr Karl, Herr Karl, Sie kennen …«

»Ich kenne auch keinen Herrn Karl. Guten Abend.«

Es piepte zweimal, dann hörte man nichts mehr.

»Das war's«, sagte Gilbert.

»Das war's«, sagte Jefferson.

Das schlechteste denkbare Szenario war eingetreten. Sie befanden sich wieder auf dem Nullpunkt oder sogar noch darunter, weil sie auch jede Hoffnung verloren hatten.

»Ich hätte es wahrscheinlich anders anfangen müssen«, begann Jefferson.

»Nein, überhaupt nicht, es ist nicht deine Schuld«, tröstete ihn Gilbert. »Du warst perfekt. Sie hat dir keine Chance gelassen. Komm, wir gehen und trinken was an der Bar. Ins Bett zu gehen ist zwecklos; nach dem, was eben passiert ist, werden wir nie schlafen können.«

Die Vorstellung, etwas in einer Hotelbar zu trinken, weckte in Jefferson das Gefühl, der Held eines Krimis zu sein; allerdings bezweifelte er, dass er dafür das Zeug hatte. Ob er wohl einen Whisky trinken musste, dieses eklige Zeug, das nach Medizin schmeckte?

Sie verließen gerade das Zimmer, als Gilberts Handy, das auf dem Nachttisch zurückgeblieben war, zu vibrieren und auf der glatten Fläche zu wandern begann. Jefferson stürzte sich darauf. »Ja?«

»Guten Abend. Ich bin's wieder. Entschuldigung für eben. Ich habe Sie eben ja gar nicht zu Wort kommen lassen.«

»Nein, nein, ich bitte Sie …«

»Ich möchte Ihnen trotzdem zunächst eine Frage stellen, bevor wir fortfahren. Zur Vergewisserung, nehmen Sie mir das bitte nicht übel.«

»Aber nicht doch, sprechen Sie!«

Gilbert war herbeigestürzt und machte nun mit großen Gesten auf sich aufmerksam: der Lautsprecher! Der Lautsprecher!

»Also«, begann die jetzt lautgestellte Frauenstimme wieder. »Herr Edgar hatte eine Nichte. Wie heißt sie bitte?«

»Sie heißt Carola«, antwortete Jefferson mit der Geschwindigkeit eines Kandidaten beim Fernsehquiz, »ja, Carola.«

Seine Reflexe funktionierten noch so gut, dass er bemerkt hatte, dass die Person in Bezug auf Herrn Edgar die Vergangenheitsform benutzt hatte: Er *hatte* eine Nichte. Das setzte voraus, dass sie über seinen Tod informiert war.

»Gut«, fuhr sie fort, und ihre Stimme war weicher geworden. »Sie stehen also Herrn Edgar wirklich nahe. Wir können miteinander sprechen. Wer sind Sie eigentlich?«

Und Sie? Hätte Jefferson gern zurückgegeben, aber er wollte ihr gerade hergestelltes gutes Einvernehmen nicht gefährden. Doch es ist nicht immer einfach, mit wenigen Worten zu sagen, wer man ist.

»Nun ja, ich bin …«

Gilbert hatte neben ihm begonnen, sich mit Bewegungen verständlich zu machen. Um ihm zu helfen, zeigte er Grimassen schneidend auf sein Gesicht und zeichnete darin Jeffersons Schnauze und spitze Ohren nach.

»Ach ja, natürlich«, begann der wieder, »ich bin ein Igel. Ich komme aus dem Land der Tiere. Und mein Freund ist ein Schwein, wir sind nämlich zu zweit, und wir …«

»… wollen Sie sagen, dass Sie hier, in der Stadt sind?«

»Ja, wir sind im Hotel *Majestic.* Wir würden gern mit Ihnen sprechen.«

Die Stimme machte eine kurze Pause.

»Gehören Sie zu einer Reisegruppe?«

»Ja, genau.«

Wieder Stille, dann: »Befindet sich in Ihrer Gruppe zufällig ein Wildschwein, ein Herr, der etwas …«

»… schwer ist?«, half ihr Jefferson, weil sie etwas gezögert hatte. »Ja, genau. Kennen Sie uns?«

»Möglicherweise. Und worüber möchten Sie reden?«

»Nun ja, über Herrn Edgar und was ihm zugestoßen ist ...«

Wieder Schweigen.

»Gut, kennen Sie das *Blue Note*?«

»Das ...?«

»Das *Blue Note*, das ist eine Jazzbar in der Altstadt. Fragen Sie einfach danach. Jeder kennt es. In einer halben Stunde, passt das?«

Gilbert zeigte schon mit heftigem Kopfnicken, dass er einverstanden war, und suchte bereits seine Windjacke.

»Perfekt. Wir werden da sein. Und äh ... woran werden wir Sie erkennen?«

»Machen Sie sich darüber keine Gedanken. Ich werde Sie erkennen. Ach übrigens, woher haben Sie eigentlich meine Telefonnummer?«

Jefferson beschloss, seine Karten auf den Tisch zu legen.

»Wir haben sie im Zimmer von Herrn Edgar gefunden, bei Frau Rolser. Tja, das ist ein bisschen kompliziert ...«

»Gut, Sie können mir das alles in der Bar erklären. Bis gleich!«

9

Auf dem Weg durch die spärlich beleuchteten Altstadtgassen zum *Blue Note* fühlte sich Jefferson nicht mehr wie in einem Kriminalroman, sondern direkt wie in einem Film. Als er das Spiegelbild seiner mickrigen Silhouette in der Schaufensterscheibe eines Ladens sah, fragte er sich allerdings, ob die Produktionsfirma nicht einen Fehler beim Casting gemacht hatte.

»Glaubst du, die lassen uns überhaupt rein?«, fragte er unruhig.

»Ja, es ist Dienstag, da ist es ruhig. Wenn es Samstag wäre, bräuchten wir es gar nicht erst zu versuchen.«

Gilbert hatte recht. Man ließ sie ohne Weiteres passieren, und sie stiegen die wacklige Treppe hinauf, die zum ersten Stock führte. Das *Blue Note* hatte nichts wirklich Jazziges, außer dem Klavier, an dem sich ein großer Typ mit einem Hut langweilte, und ein paar alten Plakaten von schwarzen Jazzmusikern an den Wänden. Genau genommen war die Atmosphäre sogar ein bisschen traurig. Ein Dutzend Leute lümmelten sich auf gepolsterten Bänken oder Barhockern.

Etwas eingeschüchtert blickten sie um sich, weder der eine noch der andere war an diese Art von Lokalitäten gewohnt, und vor allem gab es hier nur Menschen. Der Barkeeper wünschte ihnen zur Begrüßung einen guten Abend und lud sie mit einer Geste ein, an einem Tisch Platz zu nehmen. Das wollten sie gerade tun, als eine jugendliche Stimme sie von hinten ansprach:

»Ich schätze mal, Sie suchen mich!«

Sie drehten sich um und öffneten beide den Mund weit. Eine junge Frau in einer dunklen Ecke hatte sie angesprochen, doch das explosive Knallorange ihrer Haare ließ keinen Zweifel: Roxane! Sie lachte beim Anblick ihrer verblüfften Gesichter.

»Überraschung! Sehen Sie, ich habe Sie erkannt. War ja nicht weiter schwer.«

Kaum hatten sie sich gesetzt, kam der Kellner. Er wischte den Tisch ab und zündete eine Kerze an.

»Was kann ich Ihnen bringen?«

»Ich nehme einen Whisky«, sagte Roxane.

»Einen Whisky auch für mich«, schloss Gilbert sich ihr an.

»Und für mich bitte einen Kakao«, bat Jefferson.

Sie schwiegen, bis der Kellner fort war. Die Situation war immerhin ziemlich überraschend.

»Irrer Zufall!«, begann Roxane. »Ich bin neugierig zu erfahren, woher Sie Herrn Edgar kennen. Waren Sie mit ihm befreundet?«

»Ach«, antwortete Jefferson, »wir waren nicht wirklich befreundet. Eigentlich war ich nur sein Kunde. Schon seit Jahren habe ich mir von ihm die Haare schneiden lassen. Und Gilbert ist auch ab und zu hingegangen, stimmt's, Gilbert?«

Gilbert nickte.

»Wissen Sie denn, was mit ihm passiert ist?«, fragte Roxane weiter.

Traurig bestätigten dies beide.

»Und wissen Sie, warum das geschehen ist?«

Sie schüttelten den Kopf. Es war eine seltsame Konversation unter Personen, die sich nicht wirklich kannten und auch nicht wussten, womit sie beginnen sollten. Eine Art gegenseitiges Abtasten.

»Und Sie«, erkundigte sich Gilbert, »woher kennen Sie Herrn Edgar? Kommen Sie auch … aus dem Friseurhandwerk?«

»Sehe ich etwa so aus?«, fragte Roxane, schüttelte ihre knallorangefarbene Mähne und musste lachen. »Sagen wir, wir haben uns für dieselbe Sache engagiert.«

Sie warteten, aber offenbar wollte sie im Moment nicht mehr sagen. Der Kellner brachte die Getränke. Erst als er sich wieder entfernt hatte, fuhr sie fort:

»Ich mag Ihre Gruppe. Ich finde, da herrscht eine angenehme Stimmung. Das ist nicht immer so.«

»Und wir mögen Sie!«, ließ Gilbert sich vernehmen, und das kam von Herzen. »Das gilt für alle!«

Darauf stießen sie an. Jefferson stieß seine Kakaotasse gegen die beiden Whiskygläser und schlug dann vor, zu dem zu kommen, was sie wirklich interessierte. Er war jetzt bereit, als erster zu berichten, von Anfang an, sonst würden sie nie weiterkommen.

»Also, letzte Woche wollte ich mir im *DeliCut* die Haare schneiden lassen.«

BLUE
NOTE

»Du wolltest dir deine Tolle richten lassen«, verbesserte ihn Gilbert grinsend.

»Egal. Ich bin also zu Fuß los, und unterwegs wurde ich beinahe plattgefahren von …«

Er erzählte alles: von dem Auto mit den zwei Menschen, von der Schere in der Brust von Herrn Edgar, von seiner Flucht, von ihrem Besuch bei Carola, von der Postkarte, der organisierten Gruppenreise, der alten Frau Rolser, der Telefonnummer …

Roxane hörte mit gespannter Aufmerksamkeit zu, und als er fertig war, griff sie in ihre Handtasche und holte ein Foto heraus, das sie auf den Tisch legte. Sie brauchten gar nicht genauer hinzugucken, um den Körper von Herrn Edgar zu erkennen, der auf den Fliesen seines Salons lag. Jefferson sprang auf.

»Aber wer hat denn dieses Foto gemacht? Die Schere ist ja noch in der Wunde! Ich habe sie dann herausgezogen…«

»Das Foto haben dieselben Personen gemacht, die ihn getötet haben«, sagte sie. »Und das waren zweifellos dieselben zwei Personen, die Kopien der Bilder in alle unsere Briefkästen gesteckt haben. Um uns zu terrorisieren, um uns dazu zu bringen, aus Angst zu schweigen. Und das Schlimmste ist, sie haben es beinahe schon erreicht.«

»Ihre Briefkästen … wessen Briefkästen?«, fragte Gilbert etwas sehr direkt.

Jetzt waren sie da, wo sie hinwollten. Sie würden endlich verstehen.

»Sie wissen gar nicht, was Herr Edgar hier, bei den Menschen, getan hat? Wirklich nicht?«

Sie schüttelten beide den Kopf.

»Nein, gar nicht.«

Sie trank einen Schluck Whisky und ließ ein paar Sekunden verstreichen.

»Herr Edgar war schon seit mehreren Jahren ein Aktivist im Kampf gegen die industrielle Zucht von Schlachttieren, gegen ihren industriellen Transport und gegen ihre industrielle Tötung. Wie ich auch. Wir sind ein paar hundert Aktivisten im ganzen Land. Wir filmen versteckt in den Schlachthöfen, damit die Menschen erfahren, wie es wirklich hinter deren Mauern zugeht. Das ist verboten und gefährlich. Deshalb müssen wir ganz vorsichtig sein. Ich war es, der ihm das Zimmer bei Frau Rolser besorgt hat. Für sie war er Herr Karl. Er wechselte regelmäßig seinen Namen.«

Jefferson hatte schon von diesen schrecklich anzuschauenden Filmen gehört, die junge Leute auf eigene Gefahr in Schlachthöfen gedreht hatten, um den täglichen Horror dort anzuprangern.

»Aber Herr Edgar war doch viel zu alt, um über Mauern zu klettern können oder zu filmen und schnell fliehen zu können …«

»Ja natürlich. So etwas hat er ja auch nie gemacht.«

»Aber was hat er dann gemacht?«

»Herr Edgar ist … war der Kopf des Netzwerks, das im ganzen Land operiert und aus etwa achthundert Personen besteht. Er hat koordiniert, organisiert, Entscheidungen getroffen. Er kam jede Woche, um die Freiwilligen zu treffen, sie zu ermutigen und ihnen Ratschläge zu geben. Seine Datenbank war drüben bei euch, aus Sicherheitsgründen, aber es war ihm wichtig, regelmäßig hier – *live* – nach dem Rechten zu sehen. Er war unser Anführer, aber eigentlich noch mehr als das, ich würde sagen, so etwas wie unser Vater.«

Sie schwieg jetzt und trank noch einen Schluck.

»Und äh … kennst du vielleicht die beiden Typen, die Jefferson beinahe überfahren hätten?«, fragte Gilbert und nahm sich dabei die Freiheit, Roxane zu duzen.

»O ja«, antwortete sie, »die kenne ich nur zu gut. Zwei Auftragsmörder. Der lange dünne heißt Mackie und der dicke heißt Fox. Nimm den IQ der beiden zusammen, und du hast die Intelligenz einer Schuhbürste.«

»Aber was hatten die gegen Herrn Edgar?«

»Die? Gar nichts. Herr Edgar war ihnen pupsegal. Für sie war er nur ein Vertrag, den sie zu erfüllen hatten, so muss man wohl sagen.«

»Ein Vertrag?«

»Ja, ein Auftrag der Schlachthofgesellschaft, nehme ich an, aber vielleicht kam er von noch höherer Stelle in der Fleischindustrie. Schwer zu sagen. Das ist nicht die Art von Informationen, die man in der Zeitung liest …«

Sie hatte das Foto von Herrn Edgar wieder in die Hand genommen und steckte es traurig zurück in ihre Tasche.

»Ich mochte ihn sehr. Er machte sich wegen meiner Haarfarben und Frisuren über mich lustig. Weil ich sie alle zwei Monate wechsle. Mir macht das mit den Farben einfach Spaß. Er hat mir immer gesagt, der Traum seines Lebens sei es, dass ich eines Tages zu euch hinüberfahren, unangemeldet in seinen Salon treten und ihn bitten würde, mir die Frisur zu machen, die ihm am besten gefiele. Ich wäre zweifellos als ein Ebenbild meiner Mutter herausgekommen, aber es hätte mir Spaß gemacht. Ich hätte es gemacht. Jedenfalls wollte ich es machen.«

Sie schwieg. Tränen standen in ihren Augen.

Jefferson sah den freundlichen und friedlichen Dachs des *DeliCut* wieder vor sich.

Guten Tag, Herr Jefferson, nehmen Sie doch Platz. Carola wird Ihnen die Haare schamponieren. Was kann ich heute für Sie tun? Nur die Tolle oder ein Frühjahrsschnitt?

Er musste schlucken. Er schob seine Kakaotasse von sich und langte zu Gilbert hinüber:

»Kann ich einen Schluck von deinem Whisky abhaben, bitte?«

10

Neben der Rezeption des Hotel Majestic stand den Gästen ein Zeitungsständer zur Verfügung, und als sie zum Frühstück herunterkamen, wartete auf die Tiere die nette Überraschung, dass sie dort auch *Das Posthorn* vorfanden. Die Zeitung war vom Vortag, doch sie stürzten sich darauf, neugierig auf Nachrichten aus ihrem Land. Die *DeliCut*-Affäre beherrschte noch immer die Seite eins. Frau Hild, die Dachsgattin, war die schnellste, und in Anbetracht der Neuigkeiten ließ man ihr gern das Privileg, sie als Erste zu lesen.

»Hören Sie zu!«, rief sie mit vor Bewegung zitternder Stimme. »*Obwohl stets die Unschuldsvermutung gelten muss, ist an der Schuld von J. W. von W., Igel, kaum mehr zu zweifeln, und viele glauben, dass seine Flucht einem Geständnis gleichkommt. Frau Kristiansen, Ziege und Hauptzeugin des Dramas, bekräftigt und verstärkt indessen ihre früheren Aussagen (s.u.). Die Trauerfeier für Herrn Edgar, Dachs, findet morgen statt, und zweifellos ...*«

Den Namen von Herrn Edgar auszusprechen, schnürte ihr die Kehle zu und hinderte sie weiterzulesen. Ihr Mann sprang in die Bresche:

»… und zweifellos werden in Anbetracht der großen Achtung, die er in unserer Stadt genoss, viele Tiere zugegen sein.«

Dann kam er zu dem Kasten und damit zu Frau Kristiansen, deren tägliche Zeugenaussagen inzwischen zu einer ständigen Rubrik geworden waren.

»Ich wollte fliehen, doch er verstellte mir den Weg zur Tür, die blutige Schere in der Hand. Er heulte ›Jetzt bist du dran!‹, nannte mich ›alte Hippe‹ und ›zähes Luder‹ und stürzte sich auf mich. Wir rollten auf dem Boden. Körper an Körper. Er hat mich geschlagen. Ich habe ihn gebissen. Ich habe ihn von ganz Nahem gesehen, der Teufel schaute aus seinen Augen. Ich weiß nicht, wie ich ihm entkommen konnte.«

Das Huhn Clarissa, das neben Jefferson stand, flüsterte ihm zu: »Das muss ja ein merkwürdiges Gefühl für Sie sein, dass der Mörder ein … Igel ist, also, ich meine, jemand wie Sie.«

Er zuckte mit den Schultern, machte ein entschuldigendes Gesicht, aber hütete sich, den Mund aufzumachen. Erstens, weil er nicht wusste, was er dazu sagen sollte, und zweitens, weil er gerade eine der Rettich-Ampullen geleert hatte, die Simone ihm geschenkt hatte und die, Gilbert zufolge, seinem Atem einen Geruch verlieh, als habe er seine alten Socken gegessen.

Das Gespräch im *Blue Note* hatte sich noch lange hingezogen. Gegen ein Uhr nachts war Hugo, Roxanes Freund, zu ihnen gestoßen, und sie hatten weiter über Herrn Edgar gesprochen. Hugo hatte erklärt, sie glaubten, er sei in seiner Heimat, bei den Tieren, umgebracht worden, weil den Auftraggebern Ermittlungen, die dort angestellt wurden, vollkommen egal waren, während es hier in Domburg für sie riskant geworden wäre, selbst wenn das Opfer »nur« ein Dachs war.

Danach hatten sie noch berichtet, wie sie es schafften, heimlich Videos in den Schlachthöfen aufzunehmen. Hugo hatte selbst einige aufgenommen, das erste, nachdem er sich sechs Monate lang unter das Personal gemischt, die anderen, nachdem er sich heimlich in die Anlagen eingeschlichen hatte. Auch Roxane hatte mehrere aufgenommen.

»Du bekommst ganz schön Herzklopfen«, erklärte sie. »Du weißt, es ist verboten, illegal, aber du weißt auch, dass es um eine gute Sache geht, dass es moralisch das Richtige ist, dass du es tun musst. Seit ein paar Monaten schon hat Herr Edgar mit uns eine spektakuläre Aktion vorbereitet. Etwa dreißig Videos sollten im ganzen Land aufgenommen und zum selben Zeitpunkt veröffentlicht werden. Das sollte im Netz wie ein Donnerschlag wirken. Für das kommende Jahr war das vorgesehen. Aber anscheinend hat es eine undichte Stelle gegeben. Und jetzt …«

Jefferson hatte den beiden jungen Menschen aufmerksam zugehört und sich ganz klein gefühlt in Anbetracht ihres Mutes. Er hatte sogar ein bisschen so etwas wie Schuld gefühlt. Schließlich hätten sie selbst doch in der vordersten Front kämpfen müssen, sie als Tiere. Stattdessen überließen sie den Menschen die gesamte Verantwortung.

»Ja«, grummelte er, während sie um zwei Uhr morgens durch menschenleere Straßen zurück zum *Majestic* gingen, »es ist, als ob es verschiedene Kategorien von Lebewesen gäbe, verstehst du, mit einer ganz klaren Hierarchie. Ganz oben stehen die Menschen und sind nicht wenig stolz auf ihre Überlegenheit. Darunter stehen wir, auf die die Menschen heruntergucken; doch wir können immerhin sprechen, wir können uns auch ein wenig verteidigen. Noch eine Stufe darunter sind die Haustiere, die nicht sprechen können, aber die die Menschen auserwählt haben, denen sie Namen geben und die sie schützen und lieben. Darunter wiederum, ganz unten, sind die sogenannten Nutztiere angesiedelt, die Metzgereitiere sozusagen ... das ist doch krank, mein Freund!«

Vor Wut hatte er einer Mülltonne einen Tritt verpasst. Das machte Krach in der Stille der Nacht, und Gilbert musste seinen Freund zurückhalten.

»Hör auf, Jeff, sonst kriegen wir noch Ärger. Das ist doch bescheuert! Ein Schluck Whisky, und du weißt nicht mehr, wer du bist! Und vergiss nicht, wir sind hier, um die Mörder von Herrn Edgar aufzuspüren, und nicht, um die Gesellschaft zu verändern!«

Den ganzen folgenden Tag hatten die »Reimanns« zur freien Verfügung. Trotzdem tauchte Roxane zum Frühstück auf, um sie zu begrüßen und ihnen Läden zu empfehlen, wo sie nicht zu sehr übers Ohr gehauen würden, wenn sie ihre Souvenirs kauften. Sie bot auch an, diejenigen zu begleiten, die sich allein nicht sicher fühlten.

Jefferson und Gilbert verließen gerade das Hotel, als sie hinter sich jemanden hörten, der schnellen Schrittes zu ihnen aufschloss.

»Kann ich mich Ihnen anschließen? Wenn Ihnen das nicht recht ist, sagen Sie es offen heraus, aber weil ich doch ganz allein bin ... Sie wissen, man möchte in der Stadt nicht belästigt werden ...«

Simone – denn um die handelte es sich – war, kaum hatten sie »Ja natürlich, mit Vergnügen« gesagt, schon zwischen ihnen, nahm ihre Arme und hängte sich bei ihnen ein. Ihre Wanderschuhe und ihr Rucksack ließen darauf schließen, dass sie wild entschlossen war, stundenlang durch die Stadt zu streifen.

»Ja wirklich? Danke! Wo möchten Sie denn Ihre Einkäufe machen? Ich möchte Ihnen ja nichts vorschreiben.«

»Ehrlich gesagt«, nuschelte Gilbert, »haben wir nichts Spezielles vor und …«

Die Häsin war groß und dünn, und ihre beiden langen Ohren fielen ihr bis auf die Schultern. Gilbert ging ihr bis zu den Achseln, Jefferson bis zur Hüfte. Das Trio konnte in der Stadt nicht unbemerkt bleiben.

»Ich würde gern welche von diesen Magneten für meine Kühlschranktür kaufen«, sagte sie, »und eine Gemüsereibe. Ich lebe allein, müssen Sie wissen, und ich bereite mir oft Rohkost zu.«

»Ach«, sagte Gilbert, »das müsste sich doch leicht finden lassen.«

Weder der eine noch der andere mochte die Wahrheit sagen, nämlich: *Sie wissen, liebe Simone, wir finden Sie wirklich sympathisch, doch im Augenblick interessieren wir uns weniger für Gemüsereiben. Genaugenommen sind wir eher auf der Spur von zwei Mördern.*

Sie zog sie mit in verschiedene Haushaltswarenläden, doch die Reiben waren nie die richtigen, und sie gaben auf. Gegen elf Uhr machten sie sich auf die Suche nach Kühlschrankmagneten, wobei sie mehr Glück hatten. Sie fand einen mit der Skyline von Domburg, kaufte ihn sofort und bestand dann darauf, jedem der beiden auch einen zu schenken.

»Für meine tapferen Leibwächter!«, erklärte sie.

Sie hatten gerade begonnen, nach einer Caféterrasse Ausschau zu halten, auf der sie in der Sonne zu Mittag essen könnten, als Jefferson auf dem Bürgersteig plötzlich eine Vollbremsung hinlegte und sich dann in den Eingang eines Schuhgeschäfts stürzte.

»Was'n los?«, fragte Gilbert. »Brauchst du plötzlich neue Treter?«

Jefferson hielt die Arme dicht am Körper, doch sein Kinn zeigte angespannt auf die andere Straßenseite.

»*Kriiiiiiiiiihh Grüüüüüük Freeeeeeh!* Die mei Zwenschen! Die men Zweischen!«

»Was sagst du da?«

»Die zwei Menschen! Da!«

Gilbert musste nur kurz hinsehen, dann erkannte auch er sie. Jefferson hatte sie ihm oft genug beschrieben. Der lange Dünne mit dem glattrasierten Schädel war gerade dabei, an der Theke eines Tabakladens ein Rubbellos freizurubbeln. Man konnte ihn durch das Schaufenster gut erkennen. Der andere, mit der Wollmütze auf dem Kopf und dem gestählten Oberkörper, den das schwarze T-Shirt gut zur Geltung brachte, wartete draußen auf ihn, eine Kippe in der Hand.

»Bist du sicher?«

Jefferson zitterte vom Kopf bis zu den Füßen.

»Ja, das sind sie.«

Simone, die hinzugekommen war, wunderte sich, einen ihrer Leibwächter in solch einem Zustand vorzufinden.

»Mein Gott, was ist mit ihm?«

»Alles in Ordnung«, versicherte ihr Gilbert. »Er hat nur zwei alte Freunde gesehen, die er seit Langem aus den Augen verloren hatte, und das war ein richtiger Schock für ihn.«

SCHUHE

»Das sehe ich«, sagte sie. »Er ist wirklich sehr sensibel. Wissen Sie, ich mag das bei einem Mann, solch eine Sensibilität.«

Jefferson wurde immer aufgeregter. Es war zu befürchten, dass er in Ohnmacht fallen würde.

»Gilbert, guck, sie gehen gerade!«

Der lange Dünne war aus dem Laden herausgetreten – nach seiner mürrischen Miene zu urteilen, ohne etwas gewonnen zu haben –, und sie entfernten sich bereits mit großen Schritten.

»Wir haben sie, Igel!«, flüsterte Gilbert. »Bleib du bei Simone. Ich folge ihnen!«

Jefferson konnte ihn nicht mehr davon abhalten. Er hörte noch, wie sein Freund »Ge-ni-al!« murmelte. Dann hatte er sich schon, den Mördern auf den Fersen, unter die Passanten gemischt.

»Pass auf dich auf!«, rief er ihm von Weitem noch nach, und im selben Moment wusste er, dass er ihn nie hätte gehen lassen dürfen.

Mit Simone zu Mittag zu essen, erwies sich unter diesen Umständen als völlig surrealistisch. Er hatte das Gefühl, eine gespaltene Persönlichkeit zu besitzen. Ein Teil seiner selbst bemühte sich, der Häsin zuzuhören und sich zivilisiert mit ihr zu unterhalten, der andere Teil war an der Seite des unglückseligen Gilbert, der bestimmt schon von den beiden Ganoven ergriffen worden war, die doppelt so groß und dreimal so schwer waren wie er; zwei Typen, die in der Lage waren, völlig emotionslos eine Schere in die Brust eines friedlichen Friseurs zu stoßen.

Simone zögerte nicht, ihr Seelenleben vor ihm auszubreiten, ihre stets enttäuschten Versuche, einen Lebensgefährten zu finden. Der letzte hatte gut begonnen; sie hatte lange mit einem jungen Hasenmann korrespondiert, und beide hatten anscheinend dieselbe Wellenlänge. Sie hatten Fotos ausgetauscht. Aber dann, an dem Tag, als ihr erstes Treffen stattfinden sollte, war er einfach nicht gekommen …

»Ja klar, dieser Hase hat Ihnen die ganze Zeit was vorgespielt, nicht wahr?«, kommentierte Jefferson, der den Kopf woanders hatte.

»Wie bitte?«

»Ach nichts, entschuldigen Sie. Ich wollte sagen: Das ist wirklich ein schlechtes Benehmen.«

»Letztes Jahr habe ich einen Professor für Kontrabass kennengelernt«, fuhr sie fort.

»… der vielleicht noch ganz andere Saiten aufziehen wollte«, traute sich Jefferson, stolz über sein Wortspiel, zu ergänzen.

»Und Sie«, fragte sie plötzlich, »leben Sie allein? Oder bin ich jetzt zu indiskret? Oder eine Idiotin … Sie sind ja vielleicht … ich meine … Gilbert und Sie …«

»Nein«, fiel Jefferson ihr ins Wort, »wir sind einfach nur gute Freunde.« Und er stellte fest, dass er wirklich nicht mehr konnte.

»Könnten wir vielleicht zurückgehen?«, schlug er vor. »Ehrlich gesagt fühle ich mich ein wenig müde.«

»Die Leber!«, rief sie. »Haben Sie heute Morgen Ihre Ampulle geleert?«

Der Rückweg zog sich noch über einen ganzen Teil des Nachmittags hin. Unterwegs begegneten sie dem Kater, der eine Blumenrabatte auf einem Platz fotografierte, und dem alten Schafpaar, dem Roxane gerade dabei behilflich war, in einem Souvenirladen ein Plaid zu kaufen. Jefferson musste mit ihnen plaudern, seine Meinung über die Farbe abgeben und eine Lüge erfinden, weshalb Gilbert nicht da war. Das Handy in seiner Tasche blieb zum Verzweifeln stumm.

Sobald er wieder auf seinem Zimmer war, wählte er Roxanes Nummer. Es war ihm jetzt gleich, ob er geortet werden konnte. Sie antwortete sofort, und der Ton ihrer Stimme sprach dafür, dass sie gern mit ihm sprach.

»Hallo, Jefferson, wie geht's? Ich hatte das Gefühl, du warst unruhig vorhin. Ist etwas passiert?«

»Ja, Roxane, es ist etwas passiert …«

Sie fand, dass man geduldig auf ein Lebenszeichen von Gilbert warten müsse. Jedenfalls gebe es noch keinen Grund, sich verrückt machen zu lassen. Sie beruhigte ihn, soweit es ging, und versprach, am Abend wieder anzurufen.

Trotz dieser Aufmunterung blieb Jefferson niedergeschlagen auf dem Zimmer, unfähig zu lesen oder auch nur fernzusehen. Auf Gilberts Seite des Nachttischs lagen *Kreuz und quer im Verkehr* und *Allein auf dem Strom*, gelesen bis Seite vier. Das Ende des Nachmittags schien sich endlos auszudehnen.

Das Abendessen war die Gelegenheit für die »Reimanns«, sich über die Einkäufe des Tages auszutauschen. »Was haben Sie denn gefunden?«, fragten sie sich gegenseitig und zeigten sich ihre Schätze. Jefferson hatte sich bedrückt zu den beiden Eichhörnchen und dem Huhn Clarissa gesellt und dachte: *Ich habe nichts gefunden, im Gegenteil, ich habe etwas verloren. Ich habe nichts und ich bin nichts.* Und als Roland kam, um ihn zu fragen, wo denn sein Vetter blieb, hätte er fast geschluchzt. Er nahm sich aber zusammen und erklärte, Gilbert habe Freunde getroffen, werde den Abend mit ihnen verbringen und entschuldige sich dafür, dass er sich für einen Abend aus der Gruppe ausgeklinkt habe.

Immerhin gab es zum Nachtisch etwas Süßes von der Sorte, die einen stets tröstet. Das ist oft nichts Besonderes, aber es wird einem daraufhin sogleich wieder leichter ums Herz. Herr und Frau Hild, die beiden Dachse, die Jefferson seit Beginn der Reise noch nicht angesprochen hatten, näherten sich ihm vorsichtig und fragten, ob sie sich für eine Minute neben ihn setzen könnten. Sie würden ihm gern etwas mitteilen.

»Nun ja, Herr Gutbrod«, begann der Mann, »meine Frau und ich hatten uns vorgenommen, Sie zu ignorieren, weil wir, um die Wahrheit zu sagen, sehr empört waren wegen des Verbrechens, das dieser junge Igel begangen hat. Zufällig kannten wir Herrn Edgar gut. Deshalb also wollten wir mit Ihnen absolut nichts zu tun haben. Aber dann, nach ein paar Tagen …«

»Ja«, übernahm jetzt seine Frau, »nach ein paar Tagen haben wir uns gesagt, dass das albern und dumm war. Weil Sie doch nichts damit zu tun haben, auch wenn Sie ein Igel sind. Deshalb möchten wir uns bei Ihnen für unser Benehmen entschuldigen und sie um Ihr Einverständnis dazu bitten, dass wir uns die Hand geben.«

Man hätte es nicht besser sagen können als die beiden. Jefferson, der seit Stunden äußerst angespannt war, spürte, wie ihm die Tränen die Wangen hinunterliefen.

Er streckte beide Hände aus, um die ihren zu ergreifen, und stammelte: »Aber natürlich … das heißt … ich verstehe Sie … jedenfalls vielen Dank … danke … ich bin wirklich gerührt …«

Auch sie waren bewegt, und alle drei empfanden gemeinsam dieses seltsame und tiefe Glück, das mit einer Versöhnung einhergeht.

Als Roxane zurückrief, war es schon beinahe Mitternacht, und Jefferson musste sie enttäuschen: Er hatte keinerlei Nachricht von Gilbert. Irgendetwas stimmte ganz und gar nicht, denn sich nicht zu melden, war nicht Gilberts Art. Roxane hatte noch die Idee, dass der Akku seines Handys vielleicht leer war und dass er bestimmt etwas später gutgelaunt wie gewöhnlich auftauchen und alles erzählen würde. Jefferson solle sich keine Sorgen machen.

Nur kam Gilbert nicht etwas später, und auch nicht viel später. Er kam überhaupt nicht, und Jefferson verbrachte die Nacht damit, dass er immer wieder einschlief und plötzlich aufwachte, nachdem er immer wieder aufs Neue denselben Albtraum hatte, in dem das Auto mit den beiden Menschen ihn verfolgte und auf ihn prallte. Am Ende war er in diesem Wagen gefangen, in einer Schlucht, verletzt und bewegungsunfähig. Draußen klopfte jemand auf das Karosserieblech und versuchte hineinzugelangen. Er wusste nicht, ob es ein Freund war, der ihm Hilfe brachte, oder jemand, der ihm etwas antun wollte. Es klopfte und klopfte noch fester, und klopfte noch einmal. Jefferson wachte auf und begriff, dass das Geräusch nicht aus seinem Traum kam, sondern sehr wohl aus der Wirklichkeit. Jemand trommelte gegen die Tür von Zimmer 108 im Hotel *Majestic*, seinem Zimmer.

Der Radiowecker zeigte fünf Uhr an. Er sprang auf und legte die Hand auf die Klinke.

»Wer ist da?«, fragte er leise mit reflexartiger Vorsicht.

»Ich bin's«, flüsterte Gilbert, »mach auf!«

11

Die Gestalt, die hineintaumelte, erinnerte nur von Weitem an den Gilbert, den Jefferson seit seiner Kindheit kannte. Der Unglückselige war schmutzig, zerkratzt, zerschunden. Reste von Schlamm und Blut verunstalteten sein Gesicht, seine Arme, seine Hände. Seine Kleidungsstücke waren völlig verschmiert. Doch am schlimmsten war der verstörte Ausdruck seiner Augen.

»Wo kommst du her?«, quiekte Jefferson erschrocken.

»Aus der Hölle, mein Freund«, stöhnte Gilbert und stürzte ins Bad.

Jefferson hörte das Duschwasser lange rauschen.

»Geht's?«, fragte er mehrmals, ohne eine Antwort zu erhalten.

Er nutzte die Gelegenheit, um eine Nachricht auf Roxanes Mailbox zu hinterlassen: »Gilbert ist wieder da.«

Dann hörte das Wasser auf zu laufen, und Gilbert kam verstrubbelt, im Hotelbademantel, heraus. In der Zimmerecke stand ein Sessel, den sie bisher nur als Ablage für ihre Kleidungsstücke benutzt hatten. Dahinein ließ er sich fallen. Jefferson zog den Schreibtischstuhl heran.

»Erzähl!«

»Gut, ich fange mit dem Anfang an. Das ist doch am besten, oder?«

»Klingt vernünftig«, ermutigte ihn Jefferson. »Nimm dir Zeit. Möchtest du vorher was essen?«

»Essen nein, aber ich würde gern einen Kaffee trinken.«

Jefferson ging hinunter, um einen für ihn aufzutreiben. Als er zurückkam, fand er Gilbert leise weinend auf seinem Sessel vor.

»Erzähl's mir!«

Gilbert schnäuzte sich, trocknete seine Augen und holte tief Luft.

»Ich lasse dich also mit Simone zurück und folge unauffällig den beiden Intelligenzbolzen. Sie gehen super schnell, und ich muss in den Dauerlauf schalten, um sie nicht zu verlieren. Wir verlassen die Altstadt und gelangen auf die breite Allee. Da, sage ich mir, bin ich ungeschützt, und sie werden mich sehen. Aber nein, sie verschwinden in einem kleinen Haus neben der Straße. Ich warte eine halbe Stunde, eine Stunde. Nichts. Wahrscheinlich essen sie. Ich will dir eine Nachricht schicken, um zu sagen, dass ich aufgebe und ins Hotel komme, doch ich stelle fest, dass der Handy-Akku leer ist. In diesem Moment kommt der lange Dünne heraus, allein. Der andere erscheint am Fenster im zweiten Stock und schreit: ›Fang, du hast dein Feuerzeug vergessen!‹ Ich merke mir natürlich gut das Fenster, was denkst denn du? Der Lange überquert die Allee, steigt in seinen Wagen, so einen dicken schwarzen SUV, und fährt los. Ich zögere nicht, sondern springe auf ein Fahrrad, das unabgeschlossen an einer Mauer lehnt, und rase los. Ich sage mir: *Ich leih es nur, ich bring es zurück.* Ich trete wie ein Bekloppter in die Pedale, wir fahren über die Kanalbrücke, dann verliere ich ihn aus den Augen. Ich sehe nur noch, dass er in die Richtung abbiegt, in die wir gestern zu der Windbeutelfabrik gefahren sind. Ich fahre langsamer, weiter auf der Landstraße bis zu dem Industriegebiet. Ich komme zum Schlachthof, du erinnerst dich, und ich habe eine Intuition: Ich fahre auf den Parkplatz. Bingo, der SUV steht da. Unser Junge hat also beste Beziehungen zum Schlachthof. Ich hätte jetzt kehrt machen sollen, Jeff, ich hatte ja schon die Wohnung des anderen gefunden, das war doch schon was. Doch ich weiß nicht, was mich geritten hat, ich hab' jedenfalls das Rad in ein Gebüsch geworfen und bin zu Fuß weiter. Ich habe mir gesagt: *Du erlebst gerade ein Abenteuer, jawohl!* Ich habe mich für Roxane und Hugo gehalten, verstehst du, ich habe mich für einen Helden gehalten und wollte wie ein solcher handeln.«

Jefferson verstand sehr gut, aber er hätte sich an Gilberts Stelle damit zufriedengegeben, sich das bloß zu denken.

»Also, ich betrete heimlich das Gebäude, während Menschen damit beschäftigt sind, einen Viehwagen voller Schafe in den Hof zu fahren. Ich sehe an der Wand in mittlerer Höhe einen Anschluss für einen Wasserschlauch. Ich ziehe mich daran hoch, klettere weiter und verstecke mich in einer Ecke des Stahlfachwerks. Wusstest du eigentlich, dass die Leute nie ihren Kopf heben und nach oben blicken? Also, wenn du dich verstecken willst, musst du in die Höhe klettern! Und jetzt, Jeff, beginnt der Albtraum. Zuerst laden sie diese armen Schafe aus, die um Hilfe blöken. Ich weiß nicht, wo sie hergekommen sind, aber ich kann dir versichern, dass

sie keine *Reimann*-Reise hatten. Sie werden aufeinandergestapelt, kriegen nichts zu trinken und werden durcheinandergeschüttelt. Eines muss schrecklich humpeln; es hat mindestens ein gebrochenes Bein. Das ist den Menschen egal, sie schlagen es, damit es weitergeht. Ein anderes haut ab. Ein Typ schnappt es sich, packt es an einem seiner Hinterbeine und schleudert es über die Barriere. Das Schaf weiß nicht mehr, wo es ist, läuft in die falsche Richtung, stockt. Der Typ packt es wieder am selben Bein und wirft es in die richtige Richtung. Du siehst das und möchtest heulen. Alles blökt und schreit. Man versteht sein eigenes Wort nicht mehr. Sie wissen, dass sie sterben werden, diese Tiere, und sie können sich nicht wehren. Sie haben keine Chance. Nur leiden und sterben. Ich habe mich ganz klein gemacht in meiner Ecke unter dem Dach und nicht gewagt, mich zu bewegen. Ich hatte einfach nur Angst. Ich sagte mir: *Wenn sie dich sehen, machen sie mit dir dasselbe.*«

»Möchtest du noch einen Kaffee, Gilbert?«

»Nein, aber ich hätte jetzt gern ein Stück Brot oder so etwas. Ich habe seit gestern Morgen nichts gegessen.«

Jefferson ging hinunter. Im Frühstücksraum saßen schon ein paar »Reimanns« an ihren Tischen. Er grüßte sie höflich, schnappte sich ein paar Gebäckteilchen und trug sie zum Zimmer 108.

»Hier, mein Freund, das ist für dich.«

Gilbert stürzte sich nicht darauf. Er kaute langsam an einem Schokoladencroissant herum.

»Es gab eine Atempause, dann, ungefähr eine Stunde später, karren sie ... Schweine herbei. So dicht zusammengepfercht, dass sie sich nicht einmal hinlegen können, um sich auszuruhen. Einige versuchen zu entkommen, indem sie auf die anderen steigen. Sie stehen alle unter Schock, das ist offensichtlich. Sie lassen die Zungen heraushängen. Die meisten machen einen völlig verwirrten Eindruck. Sie beißen sich gegenseitig. Ihre Ohren und ihre Schwänze bluten. Du kannst dir das nicht vorstellen, Jeff. Und ich sage mir da, das sind doch irgendwie meine Brüder, so etwas wie meine verlorenen Brüder, und …«

In diesem Moment fing er an zu schluchzen, und sein Gesicht verzerrte sich zu einer Grimasse, wie Jefferson sie noch nie bei seinem Freund gesehen hatte, obwohl sie sich seit Kindertagen kannten. Von Spucke feuchte Stücke des Schokocroissants fielen auf seine Knie.

»Ich kann dir nicht alles erzählen«, sagte er schluckend, »es ist nicht erzählbar: Elektroschocks, damit sie weiterlaufen, Stockschläge auf Nieren, Hinterkopf und Rüssel, Schweine, die torkeln, die vor Schmerz heulen; und die Schläge einstecken, sie einstecken müssen, ohne sich verteidigen zu können. Das ist ungerecht. Das ist … widerlich. Und dann lassen sie sie zwischen zwei Barrieren hindurchlaufen, wie durch einen Gang, sie fortwährend schlagend, und dann siehst du sie nicht mehr. Aber zweifelst du etwa daran, wo sie hinkommen, he? Man wird ihnen lebend, mehr oder weniger betäubt, die Kehle durchschneiden, einem nach dem anderen, nach einem festen Schema. Die einzige Sorge der Menschen ist, wie sie so viele Tiere wie möglich in so wenig Zeit wie möglich töten können.«

Er wischte sich Mund und Nase an seinem Ärmel ab und fuhr fort:

»Anscheinend war die Zeit schnell vergangen, denn plötzlich stand alles still. Sie haben mit dem Wasserstrahl aus einem Schlauch das Blut und den Dreck weggespült. Sie haben sich umgezogen, die Lichter ausgemacht, die Türen verschlossen und sind gegangen. Und ich blieb zurück auf meinem Stahlträger, im Schockzustand. Ich bin runtergeklettert und habe versucht, durch eine Tür, die sie vielleicht abzusperren vergessen hatten, oder ein halboffenes Fenster ins Freie zu gelangen. Unmöglich. Also habe ich einen kleinen Rundgang gemacht. Die Anlage ist riesig. Es gab da jede Menge Tiere, die sozusagen geparkt waren. Sie warteten. Ich habe sie alle besucht: die Schweine, die Schafe, die Kühe. Es gab auch ein altes Pferd, das war ganz allein. Ich habe ihm den Hals gestreichelt. Dann bin ich lange bei den Kühen geblieben. Dort war es im Morgengrauen ganz still. Man hörte sie nur atmen. Sie hatten alle eine Nummer am Ohr. Manchmal hat eine gemuht. Es stank nach Angst, Jeff, ich schwör's dir. Nach Beton, Eisen und Angst. Am liebsten hätte ich ihnen gesagt: *Es wird schon gehen, Mädels,* aber ich wusste, dass das nicht stimmte. Gar nichts würde gehen. Wenn der Tag anbrechen und die Menschen zurück sein würden, würde es ihnen sogar sehr schlecht gehen. Aber ich konnte ihnen doch nicht sagen: *Das ist ja nicht schlimm, man hat euch euer Kalb gleich nach der Geburt oder wenig später weggenommen, man hat eure Milch getrunken, die eigentlich für das Kalb vorgesehen war, und jetzt wird man euch schlachten und euer Fleisch und euer Leder nehmen. Findet ihr nicht, dass das ein faires Geschäft ist? Ach ja, ich hatte vergessen, man hat euer Kalb auch schon gegessen, doch für all das haben wir euch doch Gras und Heu zu fressen gegeben, nicht wahr?* Gegen sechs Uhr war es endgültig hell. Ich habe den Motor eines Autos gehört, dann das Quietschen eines Stahltors, das aufgeschoben wurde. Da habe ich allen auf Wiedersehen gesagt … tschüss, genauer gesagt. Ich habe mich nach draußen davongeschlichen. Ich habe das Fahrrad wiedergefunden und bin in die

Stadt gefahren. Ich hab' es wieder da abgestellt, wo ich es herhatte. Und jetzt bin ich hier.«

Gilbert schloss die Augen.

»Gut, ich glaube, ich leg' mich jetzt hin und versuche, ein bisschen zu schlafen. Zu was anderem bin ich jetzt nicht in der Lage.«

Jefferson klopfte sein Kopfkissen zurecht und zog den Vorhang zu.

»Ja, tu das. Es wird dir guttun. Ich werde dich nicht stören.«

Gilbert legte sich ins Bett und rollte sich unter seiner Decke zusammen, doch er konnte noch nicht aufhören zu reden.

»Es ist doch verrückt«, brabbelte er, und seine Stimme kam gedämpft bei Jefferson an, »sie können alles essen, was sie wollen: Spaghetti mit Basilikum, Kartoffelgratin, Pizza mit Mozzarella, Himbeertörtchen, Bratkartoffeln mit Spiegelei, Nusskuchen, Linsensuppe, Pfannkuchen mit Marmelade, Äpfel, Birnen, Aprikosen, Pilzpfannen, Tomatensalat, Croissants, Tagliatelle al pesto, Vanillepudding, Erdbeeren, Melonen, Reis, Püree, Erbsen, Kürbissuppe, Nussschokolade ... und das alles reicht ihnen nicht, und deshalb töten sie Tiere, um sie zu essen! Ich versteh' das nicht ...«

Jetzt saß Jefferson auf dem Sessel, im Dunkeln, und wartete. Gilbert konnte nicht einschlafen. Dann und wann waren von ihm kurze Seufzer zu vernehmen, fast wie Schluckauf, und leises Stöhnen. Als er völlig still war und friedlich atmete, stand Jefferson leise auf, nahm zwei Croissants auf die Faust und schlich aus dem Zimmer.

12

Die Reimann-Truppe machte es sich im Bus bequem.

»Wohin geht es heute noch mal?«, fragte Jefferson, der das Programm völlig vergessen hatte.

»Wir werden Schloss Sansplaisir besuchen«, brachte Frau Schmitt ihn aufs Laufende. »Und anschließend werden wir im Park des freudlosen Schlosses picknicken, wie zu Studentenzeiten. Das ist doch lustig, oder?«

Sie humpelte noch etwas, doch wenn sie sich bei ihrem Mann unterhakte, konnte sie laufen. Während der Fahrt erbaten die beiden Füchsinnen von Roxane die Erlaubnis, das Mikro zu benutzen, und sie boten ihrem Publikum ein Konzert mit alten Schlagern. Sie hatten bekannte Melodien genommen und die Texte so umgedichtet, dass die Namen aller »Reimanns« darin vorkamen. Genaugenommen war das ziemlich daneben, aber alle mussten lachen.

Jefferson ertrug tapfer alle Prüfungen, die der Tag für ihn bereithielt: die Schlossbesichtigung, die die unerträgliche Clarissa fortwährend leise kommentierte, das schreckliche Schnarchen von Herrn Schmitt, als er auf dem Rasen des

Parks eingeschlafen war, Simones plötzliche und unerklärliche Tränen und der spektakuläre Sturz von Frau Brüderle, der Schafsfrau, nachdem sie beim Einsteigen in den Bus gestrauchelt war …

Bei der Rückfahrt richtete Roxane es so ein, dass sie neben ihm saß.

»Wie sieht's aus?«, fragte sie einfach.

»Er hat die Nacht im Schlachthof zugebracht. Er ist völlig fertig zurückgekommen.«

Sie zwang sich zu lächeln und nickte. Sie hatte das selbst oft genug erlebt, um zu verstehen.

»Er ruht sich jetzt aus?«

»Ja, er schläft.«

»Das ist gut. Er wird sich erholen. Du auch. Es wird schon, Jefferson.«

Sie hatte dieses »Jefferson« ganz zärtlich geflüstert, als wäre der Name ein zwischen ihnen geteiltes Geheimnis, und er war sehr bewegt. Es erinnerte ihn an Carola. Ob sie ihn wohl noch immer verteidigte, drüben, im Land der Tiere? Auf seiner Unschuld beharrte, entgegen allem Anschein?

Er war der erste, der vor dem Hotel aus dem Bus kletterte. Er rannte an der Rezeption vorbei, stürmte die Nottreppe hinauf und klopfte an Tür 108. Die muntere Stimme, die aus dem Inneren kam, beruhigte ihn: Gilbert ging es besser! Er öffnete grinsend und fiel dann wieder auf sein Bett.

»Entschuldige, ich bin wieder ins Führerschein-Handbuch vertieft. Was meinst, du wie viel Zeit du gewinnst, wenn du 140 statt 120 Stundenkilometer auf einer Strecke von hundert Kilometern fährst: a) zwanzig Minuten, b) fünfzehn Minuten oder c) vier Minuten?«

»Keine Ahnung«, antwortete Jefferson. »Du scheinst dich ja schnell erholt zu haben!«

»Ja, ich habe bis drei Uhr heute Nachmittag geschlafen. Also, die Antwort ist: vier Minuten. Irre, was? Dafür lohnt es sich doch nicht, sein Leben aufs Spiel zu setzen!«

»Gilbert?«

»Ja.«

»Wir sollten jetzt nach Hause fahren, ich werde mich der Polizei stellen und alles erklären. Das hätte ich von Anfang an machen sollen.«

Gilbert ließ das Handbuch auf seinen Bauch fallen.

»Oje, oje, mein kleiner Igel, lässt du dir so schnell den Schneid abkaufen? Nein, nein, wir werden keineswegs nach Hause fahren. Wir machen gerade eine sehr schöne *Reimann-Reise,* die Stadt ist sehenswert, und wir machen täglich Fortschritte bei unseren Ermittlungen. Was willst du mehr?«

Jefferson setzte sich auf den Bettrand.

»Hör zu. Ich habe den ganzen Tag nachgedacht, während du gepennt und dich erholt hast. Wir haben keine Chance, die beiden Typen festzuhalten, sie unschädlich zu machen oder sogar mit zu uns zu nehmen. Der Versuch wäre Wahnsinn! Ich frage mich nur, wie wir auf die Idee kommen konnten, uns auch nur eine Sekunde lang vorzustellen …«

»Stopp! Auch ich habe nachgedacht. Und ich bin zum selben Schluss gekommen wie du: Diese beiden sind im wahrsten Sinne des Wortes schwere Jungs und Profis. Zu zweit werden wir sie nicht hopsnehmen können.«

»Also.«

»Nicht zu zweit, aber …«

»Aber?«

»Aber zu siebenundzwanzigst doch.«

Jefferson brauchte ein paar Sekunden, um zu begreifen. Dann fiel ihm der Kinnladen herunter.

»Gilbert, entschuldige, wenn ich es so offen sage, aber ich glaube, jetzt hast du wirklich nicht mehr alle Tassen im Schrank. Du bist vollkommen verrückt. Diese Nacht im Schlachthof muss dir total die Neuronen durcheinandergebracht haben!«

»Ganz und gar nicht! Ich habe herausgefunden, wo die Wohnung des Kerls mit der Mütze ist, des kräftigen, der sich Fox nennt, weil er von da das Feuerzeug heruntergeworfen hat. Wir tauchen alle zusammen da auf und fallen über ihn her. Wir sind siebenundzwanzig, wenn ich dich erinnern darf, sieben-und-zwanzig!«

»Siebenundzwanzig, aber ehrlich, was für siebenundzwanzig«, erregte sich Jefferson, »siebenundzwanzig, die du total vergessen kannst! Ein Schafpaar, das so alt ist, dass die Frau schon allein vom Einsteigen in den Bus auf den Hintern fällt, eine Häsin, die sich zweimal am Tag aus unbekanntem Grund in Tränen auflöst, ein Kater, der völlig neben der Spur ist, ein durchgeknalltes Wildschwein, zwei Eichhörnchen, die vor Angst ohnmächtig werden, wenn du nur in die Hände klatschst – das ist nicht gerade das Mobile Einsatzkommando.«

»Gut, hör zu, Jeff! Wo stehen wir? Ich würde das so zusammenfassen: 1. Du sitzt nicht im Knast. 2. Wir haben die Spur von Herrn Edgar gefunden. 3. Wir wissen auch, wo die Mörder sind. Und da möchtest du aufgeben? Das ist, wie wenn jemand, der bei einem Rennen alle Konkurrenten hinter sich gelassen hat, kurz vor seinem Triumph aufgibt. Ich hab' sowas mal in einem Roman gelesen. Da war es total lustig, aber in echt möchte ich das nicht erleben!«

Jefferson musste wieder einmal zugeben, dass Gilbert sehr überzeugend sein konnte. Vielleicht sollten sie wirklich bis zum Äußersten, bis zum Ende gehen. Leider war seine Idee aber völlig abgedreht.

»Wir müssten dann ja die ganze Gruppe überzeugen. Unmöglich!«

»Wir können es versuchen. Pass auf: So könnten wir es anstellen …«

An diesem Tag stieg Roxane nach dem Abendessen auf einen Stuhl und bat die Reimann-Gruppe, die gerade mit dem Nachtisch beschäftigt war – Baiser auf Vanillesauce, die Spezialität des Hauses –, um eine Minute Aufmerksamkeit. Die beiden alten Schafe hatten sich die Serviette um den Hals gebunden, wegen der Sauce und möglicher Spritzer.

»Entschuldigen Sie bitte, wenn ich störe! Im Untergeschoss gibt es einen kleinen Versammlungsraum. Ich würde Sie dort gern in zehn Minuten antreffen. Ich verspreche Ihnen, dass es nicht lange dauern wird. Danke.«

Alle schauten sich gegenseitig an. Wenn es um das morgige Programm ging, hätte sie ihre Ankündigung doch ohne Weiteres hier oben machen können. Gewöhnlich machte sie davon kein Aufhebens, und es war schnell erledigt. Trotzdem blieben sie folgsam, und zehn Minuten später waren sie alle versammelt. Roxane ließ sie sich um den Konferenztisch herum hinsetzen und dankte allen für ihr Kommen; dann drehte sie sich zu dem Flipboard, nahm einen Marker und schrieb auf die große weiße Seite mit großen Buchstaben:

GUTE NACHT!

Sie stellte sich darunter, küsste ihre Fingerspitzen, pustete ihnen einen Luftkuss zu und ging lachend hinaus. Was sie nicht sahen, war, dass sie auf die andere Seite der Tür ein DIN A4-Blatt mit Tesafilm befestigte, auf dem stand:

Gruppe Reimann. Scrabble-Abend. Bitte nicht stören!

Zunächst waren sie vor Verblüffung verstummt, dann redeten alle durcheinander. Was sollte das heißen? Hatte Roxane den Verstand verloren oder was?

Jefferson, der die allgemeine Verwirrung genutzt hatte, um am Ende des Tischs Platz zu nehmen, räusperte sich.

»Bitte, bitte … danke!«

Er wartete einen Moment, bis es einigermaßen ruhig war.

»Gut, also … genaugenommen waren es Gilbert und ich, die wollten, dass wir uns hier versammeln, nicht Roxane. Weil wir Ihnen nämlich eine ganze Menge erklären müssen. Ja … wirklich eine Menge. Sogar soviel, dass ich gar nicht weiß, wo ich anfangen soll«.

»Fang mit dem Anfang an!«, empfahl ihm Gilbert. »Ich mach dann weiter, wenn es um mich geht.«

»Ja«, fuhr Jefferson fort. »Sie werden sehr erstaunt sein. Es geht um den Fall *DeliCut.*«

Ein Raunen ging durch die Versammlung. Die beiden Dachse spitzten die Ohren.

»Gerade an diesem Morgen, also dem Morgen des Verbrechens, bin ich zu dem Salon gegangen, um mir die Haare schneiden zu lassen. Ich fand die Tür verschlossen, also bin ich um das Haus herumgegangen. Dann bin ich durch das Fenster eingestiegen, und ich war es, der den unglücklichen Herrn Edgar gefunden hat. Er lag am Boden, die Schere steckte in seiner Brust. Frau Kristiansen schlief unter ihrer Haube …«

»Warten Sie, Herr Gutbrod«, unterbrach ihn das Huhn Clarissa, »wie kann es sein, dass Sie sie schlafen gesehen haben, während sie doch behauptet ...«

„Ich heiße nicht Gutbrod«, unterbrach sie wiederum Jefferson. »Mein Name ist Jefferson Walden von Waldeck.«

Dieses Geständnis hätte wie eine Bombe einschlagen und Schreie, Flucht, Ohnmachtsanfälle hervorrufen müssen, doch das Gegenteil trat ein: eisiges Schweigen. Bestimmt hätte es genügt, dass jemand die Kappe seines Stifts fallengelassen hätte, und totale Panik wäre ausgebrochen, doch nichts dergleichen geschah, und Jefferson konnte fortfahren.

»Ich versichere Ihnen, ich habe an dem Tag niemanden getötet, und ich habe die Absicht, dies auch in Zukunft nicht zu tun. Ich bin geflüchtet, weil Frau Kristiansen aufgewacht ist und mich mit der Schere in der Hand gesehen hat, die ich gerade aus der Leiche des armen Herrn Edgar gezogen hatte. Das war unbedacht gewesen, aber ich hatte gehofft, ihm noch helfen zu können. Und das hat mich natürlich belastet. Diese Dame hat angefangen zu schreien, ist auf die Straße gerannt und hat auf mich als den Schuldigen gezeigt. Ich habe solche Angst gehabt, dass ich fortgelaufen bin, immer in der Vorstellung, später alles erklären und mich verteidigen zu können, später, wenn sich alles beruhigt hätte. Ich wollte nach Hause, verstehen Sie ...«

Sorgfältig erklärte er dann, wie ein Ereignis das nächste nach sich gezogen hatte: Carolas Postkarte, die er ihnen zeigte und herumgehen ließ, die Gelegenheit, mit *Reimann-Reisen* unauffällig über die Grenze zu kommen, die Besuche bei Frau Rolser, die Enthüllung von Herrn Edgars Kampf für die Tiere, einem Kampf, der ihn das Leben kosten sollte, und schließlich die zufällige Begegnung mit dessen beiden

Mördern in der Stadt. Unwichtige Details wie ihre Verkleidung als Journalistinnen oder Gilberts Katzenhaarallergie ließ er außer Acht. Der Ausdruck der Gesichter hatte sich im Laufe seines Berichts mehr und mehr verändert. Zuerst war die Verblüffung dem Interesse gewichen, dann das Interesse dem Mitgefühl, vor allem nachdem Jefferson mit seinen letzten Worten seinen Reisegefährten versichert hatte, dass es ihm leidtue, wenn er sich bis zu diesem Tag ein wenig von ihnen abgesondert habe und einen falschen Namen benutzt hatte. Das sei natürlich aus Vorsicht geschehen, doch inzwischen habe er sie besser kennen- und schätzen gelernt. Dann überließ er Gilbert das Wort.

»Nun, was ich Ihnen zu erzählen habe, ist überhaupt nicht lustig«, begann der.

Jefferson befürchtete, sein Freund könnte wieder von seinen Gefühlen überwältigt werden und nicht zur Sache kommen, doch er täuschte sich. Gilbert schaffte es, seine Zuhörer aufzuwühlen, ohne selbst die Fassung zu verlieren. Als er von den Qualen der Schafe sprach, schnieften Herr und Frau Brüderle in ihre Taschentücher. Als er an das Leiden der Schweine erinnerte, quittierte Roland das mit einem angemessenen Fluch. Und als es um die Kühe ging, die ergeben auf ihr Schicksal warteten, senkten die Kuhdame und ihre beiden Nichten die Köpfe.

»Aber warum erzählen Sie uns all das?«, fragte Herr Perl, das scheue Eichhörnchen, schließlich, »ich meine, was erwarten Sie von uns?«

Jetzt ging es zur Sache.

Jefferson übernahm wieder das Wort und erklärte alles so gut er konnte, wobei er ganze Sätze übernahm, die Roxane im *Blue Note* geäußert hatte. Es gehe nicht darum, die Gewohnheiten der Menschen von heute auf morgen wie mit dem Zauberstab zu ändern. Das würde Zeit brauchen. Die einzige Möglichkeit war, sie dahin zu bringen, dass sie kein Fleisch mehr oder wenigstens weniger essen.

»Denn je mehr Fleisch sie essen und je mehr Geld damit zu verdienen ist, desto eher bringen sie Tiere um, ohne sich die geringsten Gedanken darüber zu machen. Und man wird die Menschen weiter glauben machen, dass die Tiere verrückt vor Freude sind bei der Vorstellung, sich für sie zu opfern. Man braucht sich doch nur die Zeichnungen mit den glücklichen Gesichtern der Schweine auf den Schaufenstern von Metzgereien anzugucken!«

Es werde ein langer Kampf werden, und er werde sich bestimmt noch Jahrzehnte, vielleicht ein Jahrhundert, hinziehen, bis die Menschen sich eines Tages fragen werden, wie man *früher* nur so etwas habe tun können.

Fast alle nickten mit dem Kopf zum Zeichen der Zustimmung.

»Das ist genau wie mit der Sklaverei und der Hexenverbrennung«, warf Frau Schmitt ein, »dabei dachte man doch auch jahrhundertelang, das sei normal ...«

Jefferson wusste, dass er Herrn Perl noch nicht geantwortet hatte. Er musste jetzt auf seine Frage zurückkommen, warum er ihnen all das überhaupt erzählte.

Man werde die Welt also nicht auf der Stelle ändern, fuhr er fort, aber man dürfe doch die Mörder von Herrn Edgar nicht unbestraft lassen. Sie bei der Polizei der Menschen hier anzuzeigen, sei zwecklos; die Ermordung eines Dachses zähle überhaupt nicht, hier bei den Menschen. Und im Land der Tiere schien diese Sache ja im Voraus entschieden: Er, Jefferson, galt dort als der Schuldige, seit der ersten Minute. Die einzige Möglichkeit, Herrn Edgar Gerechtigkeit widerfahren zu lassen und seine, Jeffersons, Unschuld zu beweisen, wäre, selbst die Mörder zu überwältigen, sie im Gepäckraum des Busses mitzunehmen und sie zu Hause der Polizei auszuliefern, als Beweisstücke sozusagen.

Roland sprang auf.

»In meinem Kofferraum! Aber das darf ich nicht! Echt, das kann ja heiter werden! Nun ja, wenn sie sich denn ruhig verhalten, aber da weiß ich nicht, wie man sie dazu bringen soll.«

Dann fing er an zu lachen und zeigte seine geballte Faust.

»Genaugenommen weiß ich das schon, aber das ist eigentlich auch nicht erlaubt.«

»Ja«, begann Jefferson wieder, »das ist eines von vielen Problemen, die wir lösen müssen, denn es gibt noch mehr. Gilbert hat herausgefunden, wo der eine der beiden Mörder wohnt. Das ist oben an der Allee. Wir müssten ihn in seiner Wohnung überraschen. Wenn wir Glück haben, wird der andere auch da sein. Aber ich möchte Ihnen gleich sagen, dass ich es vollkommen verständlich fände, wenn jemand nicht mitmachen möchte. Das ist weder Ihr Beruf noch meiner. Unsere Chance auf Erfolg ist die, dass wir siebenundzwanzig sind, mit Roland sogar achtundzwanzig.«

Gilbert nickte zustimmend.

»Achtundzwanzig gegen einen, oder gegen zwei.«

Allgemeines Schweigen, jedenfalls so lange, bis jede und jeder sich vorstellen konnte, was genau »ihn in seiner Wohnung überraschen« bedeutete.

»Wenn ich es recht verstehe«, meldete sich Herr Hild, der Dachs, in seiner stets gewählten Sprache zu Wort, »schlagen Sie vor, dass wir alle gemeinsam in die Wohnung dieser Individuen einbrechen und so in unserer Zahl einen Vorteil gegenüber ihrer zu vermutenden Kraft suchen … also, überraschend einbrechen, sagte ich, und sie neutralisieren, um sie dann den Behörden zu übergeben und sie so außerstande setzen, erneut Schaden anzurichten?«

»Öh … ja«, antwortete Gilbert kurz, noch ganz perplex ob des perfekten Satzbaus.

Die beiden Füchsinnen, für die Jefferson bisher noch keine besondere Sympathie empfunden hatte, standen beide auf.

»Wir sind dabei! Wir kommen mit! Sie sollen büßen, diese Dreckskerle!«

»Ich komme auch!«, grunzte Herr Schmitt. »Die machen das nicht nochmal, diese Sch…«

»Liebling«, grummelte seine Frau, und hielt ihn dadurch davon ab, ein grobes Wort auszusprechen.

»Warten Sie«, unterbrach Jefferson wieder, »ich möchte nicht, dass Sie sich vorschnell entscheiden. Überlegen Sie in Ruhe. Ich schlage vor, dass wir fünfzehn Minuten Pause machen und uns anschließend wieder hier treffen.«

Statt sich in ihr Zimmer zurückzuziehen, gingen Jefferson und Gilbert ein paar Schritte auf dem Parkplatz hinter dem Hotel. Der gelbe Reisebus war sorgfältig an der Mauer geparkt. HAST DU LUST AUF REISEN, MUSST DU REIMANN-REISEN!, las Jefferson und dachte: *Tja – auf einer Reise kann man schon so einiges erleben!*

»Prima, die beiden Füchsinnen und die Schmitts sind schon mal dabei. Das hat gut angefangen«, frohlockte Gilbert.

Jefferson war weniger optimistisch.

»Ja, und wir können auch auf Herrn und Frau Hild, die Dachse, zählen, denn die haben noch ihre eigene Rechnung zu begleichen, aber die anderen … Kannst du dir Simone vorstellen, wie sie in den Kampf zieht, oder Frau und Herr Perl, die Eichhörnchen? Oder Clarissa?«

»Wenn wir die Hälfte haben«, überlegte Gilbert, »ist die Sache machbar. Zu vierzehnt. Das ist das Minimum.«

Als sie in den Versammlungsraum zurückkehrten, waren alle anderen bereits da. Einige, wie die beiden alten Schafe, waren gar nicht erst hinausgegangen.

»Also«, sagte Jefferson, »wir machen es ganz einfach. Ich bitte alle, die an …«, er suchte nach dem richtigen Wort, »an unser Mission teilnehmen möchten, um ein Handzeichen.«

Er war auf alles gefasst, aber nicht auf das, was jetzt passierte und eines der schönsten Erlebnisse seines Lebens werden sollte: Alle Hände gingen gleichzeitig hoch, nicht nur, wie angekündigt, die von Walter Schmitt und den Füchsinnen, sondern auch alle anderen – die der Dachse, die der beiden Eichhörnchen, die von Simone, die der drei Kühe, die des Katers. Sein Blick schweifte durch den Raum, und Tränen traten in seine Augen.

»Danke«, murmelte er, »danke! Sie sind großartig!«

Herr Brüderle, das alte Schaf, wollte aber noch etwas genauer erklären.

»Wir haben gezögert mitzumachen, meine Frau und ich, weil wir eher ein Klotz am Bein wären, als dass wir die Kampfkraft erhöhten, aber dann habe ich mich daran erinnert, dass ich einmal Arzt war und dass ich zufällig den Inhaber der *Zentralapotheke* hier in Domburg gut kenne. Er wird mich gewiss mit etwas versorgen, womit wir erreichen können, dass unsere Gefangenen sich ruhig verhalten, jedenfalls bis zur Grenze.«

Da Jeffersons Kehle noch immer wie zugeschnürt war, übernahm es Gilbert, allen zu danken. Sie würden beide darüber

nachdenken, wie alles so organisiert würde, dass sie am Tag X gut aufgestellt wären und allen ihre Rolle entsprechend ihren besonderen Fähigkeiten zugewiesen würde. Jeder und jede sollte Gelegenheit haben, sich als nützlich zu erweisen. Als sie hinausgingen, stolperten sie über den Kater, der zurückgeblieben war, um den Konferenzraum zu fotografieren.

»Ich danke Ihnen, dass Sie mitmachen«, sprach Jefferson ihn an, »wo wir doch in dieser Woche noch kein einziges Wort gewechselt haben und …«

Der Kater deutete auf seine Ohren und machte dabei ein Gesicht, das »Tut mir leid« ausdrückte.

»Ach, sie sind … gehörlos?«, fragte Gilbert.

Der Kater machte ein Zeichen, das Ja bedeutete.

Schlagartig klärte sich alles auf: warum er immer allein blieb und bei den Führungen immer hinterhertrottete, und warum er sich beim Windbeutelbacken so ungeschickt angestellt hatte.

»Und trotzdem haben Sie den Arm gehoben«, stellte Jefferson fest, wobei er ganz sorgfältig die Worte formte, damit der Kater von seinen Lippen lesen konnte. »Haben Sie denn alles verstanden, was ich gesagt habe?«

Der Kater holte ein Heftchen aus seiner Tasche, schrieb ein paar Zeilen hinein und reichte es Jefferson. Er hatte geschrieben: »Nein, ich habe nicht viel verstanden, aber da alle die Hand gehoben haben, habe ich mir gesagt, es wäre wahrscheinlich gut, wenn ich es auch täte.«

»Danke!«, sagte Jefferson.

Der Kater nahm noch einmal das Heft und fügte mit seiner sehr gepflegten Handschrift hinzu: »Ich heiße übrigens Emil.«

»Danke, Emil«, sagte Jefferson.

Als sie zu ihrem Zimmer hinaufgingen, hielt sie einer der Hotelangestellten auf, grinsend und augenzwinkernd:

»Na, schönen Scrabble-Abend gehabt?«

Vielleicht dachte er, dass diese komischen Gäste wohl kaum lesen und schreiben könnten.

»Es war gut«, antwortete Jefferson, »danke!«

»Haben sie richtig lange Wörter gefunden?«

»Ja, ich habe SOLIDARITÄT gefunden.«

»Pah, ohne Q oder Y kann das nicht viel gebracht haben.«

»Doch«, sagte Jefferson, »das kann sehr viel bringen. Gute Nacht!«

Roxane fiel beinahe in Ohnmacht, als Jefferson ihr am Telefon ihren Plan erklärte. Sie hatte bereitwillig mitgespielt und den Raum für sie reservieren lassen, damit sie gemeinsam über das diskutieren konnten, was Gilbert gesehen hatte, aber solch ein Wahnsinnsvorhaben, nein! Sie wusste, was für einen Ruf die beiden Typen hatten. Sie waren bewaffnet und absolut skrupellos, und sie würden wild um sich schießen, wenn sie sich bedroht fühlten. Ob er sich vorstellen wolle, wie die achtundzwanzig *Reimann-Reisenden* nebeneinander auf dem Boden der Wohnung lägen?

Herr Edgar habe den Aktivisten immer zur Vorsicht geraten und stets ohne zu zögern Operationen abgebrochen, wenn sie sich als zu riskant erwiesen hatten. Er hätte ganz bestimmt nicht solch einen irrwitzigen Angriff gutgeheißen. Diese Argumente gaben Jefferson zu denken, aber sie brachten ihn nicht von seinem Vorhaben ab.

»Du hast bestimmt recht«, antwortete er, »aber Herr Edgar würde auch nicht gern erfahren, dass seine Mörder frei und mit ruhigem Gewissen in der Stadt herumspazieren, jederzeit bereit, erneut jemanden umzubringen, wenn man sie nur gut dafür bezahlt. Und vor allem hätte man ihm gewiss keine Schere zwischen die Rippen gerammt, wenn er nicht bereit gewesen wäre, etwas zu riskieren.«

Diesmal war es Roxane, die ins Grübeln kam. Dieser 72 Zentimeter große Igel drängte sie in die Ecke. Sie versuchte noch einmal, ihn von seinem Vorsatz abzubringen, indem sie ihm auseinandersetzte, was passieren könnte, selbst wenn ihr Vorhaben wie durch ein Wunder erfolgreich wäre: Es gebe auf der Straße zur Grenze oft Zollkontrollen bei Bussen aus dem Tierland. Wenn sie angehalten und zwei Menschen gefesselt in ihrem Gepäckraum gefunden würden, wären ihnen allen lange Gefängnisstrafen sicher, möglicherweise lebenslange.

»Wann wollt ihr angreifen?«, fragte sie, als sie verstanden hatte, dass ihr guter Rat vergeblich war.

»Unser Aufenthalt ist übermorgen zu Ende«, erklärte Jefferson. »Am morgigen Sonntag arbeiten wir unseren Plan aus, und Montagmorgen gehen wir zum Angriff über, kurz bevor wir die Heimfahrt antreten.«

Roxane begnügte sich damit, lautstark ins Telefon zu seufzen.

»Passt auf euch auf«, sagte sie, bevor sie auflegte, »ich bitte euch, passt wirklich gut auf!«

13

Für diesen letzten Tag in Domburg sah das Programm von *Reimann-Reisen* die Teilnahme an einem Gottesdienst in der Kathedrale vor. Jedenfalls für die, die das wünschten. Am Nachmittag konnte man an einer Modenschau in einem Grandhotel im Stadtzentrum teilnehmen oder an einem Lanzenstechen zwischen Booten auf dem Kanal.

»Du wirst ohne mich an dem Gottesdienst teilnehmen«, sagte Jefferson. »Ich werde zur Allee hochgehen, das Terrain erkunden und alles fotografieren. So werden wir einen präzisen Angriffsplan ausarbeiten können, generalstabsmäßig, verstehst du?«

Es war der erste Regentag. In feinen regelmäßigen Tropfen fiel der Regen auf die Stadt und raubte ihr ihre touristischen Reize. Gilbert riet seinem Freund zur Vorsicht.

»Pass auf dich auf, Igel, versprochen?«

»Versprochen«, sagte der und spannte den schwarzen Regenschirm über seinem Kopf auf, den er im Hotel geliehen hatte. »Und du merk dir gut die Bemerkungen von Herrn

Schmitt bei der Modenschau, ich bedaure jetzt schon, dass ich das versäume.«

Er durchquerte die schlafende Stadt, vorbei an den heruntergelassenen Rollläden, die die noch geschlossenen Läden schützten. Wie Lider die Augen von Schlafenden schützen, sagte er sich. So unauffällig wie möglich ging er hoch zur Allee und folgte dann der Reihenfolge der Hausnummern. Gilbert hatte gesagt: »Es ist die 44, und das Fenster befindet sich im zweiten Stock, direkt über der Haustür, du kannst dich gar nicht vertun.« Jefferson wagte kaum, genauer hinzusehen, als er das Haus erreicht hatte. Aber er machte von der Straße aus zwei Fotos mit seinem Handy, eins in jede Richtung. Sie zeigten immerhin, dass der Bus vor der Nummer 44 parken konnte, wenn sie ihre »Mission« durchführten. Er ging dann noch hundert Meter weiter, wechselte die Straßenseite und machte kehrt. Dabei bemühte er sich, so entschiedenen Schritts zu gehen wie jemand, der ein festes Ziel hat. Der Regen war stärker geworden. Er trommelte auf den Stoff seines Regenschirms, es hörte sich an wie Gewehrfeuer. Sein Herzschlag beschleunigte sich und nahm denselben Rhythmus an. Wieder vor der Tür angelangt, streckte er sich, um an den Türknauf zu kommen, aber der ließ sich nicht drehen. Als er jedoch gegen die Tür drückte, gab sie überraschenderweise nach: Sie stand offen.

Die Wände der Eingangshalle waren schmutzig-gelb gestrichen, die Treppe war grau, die Briefkästen waren mit halb abgerissenen Namensschildern beklebt, und allenthalben lief man auf verstreuten Reklameprospekten herum – nichts war geeignet, einem Lust zu machen, hier zu wohnen. Jefferson dachte sehnsuchtsvoll an sein Häuschen am Waldrand, die Buchen, die jetzt in Herbstfarben leuchteten, und seine gut aufgeräumten Wohnräume. Er klappte den Regenschirm zu, lehnte ihn an die Mauer und fotografierte alles: den Aufzug, die Treppe, den Gang, der an seinem Ende von einer Tür verschlossen war, auf der ein Mülleimer abgebildet war. Er drückte auf die Ruftaste des Aufzugs, der kein Licht hatte, dessen Metalltür sich aber trotzdem auffaltete. Er fuhr zur vierten und letzten Etage hinauf und wieder hinunter, wobei er sich im Kopf notierte: *Aufzug funktioniert, kann je nach Korpulenz sechs bis acht Tiere aufnehmen.* Dann beschäftigte er sich mit der Treppe. Er schätzte ihre Breite und stieg, ohne ein Geräusch zu machen, bis zum zweiten Stock hinauf. Von dem Treppenabsatz, der ebenfalls gelb gestrichen war, gingen drei Türen ab, aber nur eine Tür ging in Richtung Allee.

Es gab keinen Zweifel: Hinter diesen paar Zentimetern Holz wohnte der Mörder von Herrn Edgar oder sein Komplize oder beide. Jedenfalls ein Typ, der fähig war, jemanden umzubringen. Ein Frösteln lief über Jeffersons Rücken. Nirgends stand ein Name. Leise trat er näher heran und presste sein Ohr an die Tür. Zuerst hörte er gar nichts und wollte schon zurückgehen, als er plötzlich erstarrte.

Es klang, wie wenn jemand Karton zerreißt. Dann eine sehr tiefe Männerstimme, eine Grabesstimme. Und eine andere, heisere, die antwortete, ohne dass man einzelne Worte hätte verstehen können. Jefferson spürte, wie seine Knie weich wurden. Er zwang sich zum Rückzug, Zentimeter für Zentimeter, und hatte dabei das Gefühl, das leiseste Knirschen seiner Schuhsohlen oder das geringste Aneinanderreiben seiner Hosenbeine aneinander sei so laut wie ein Zug im Tunnel. Er stieg die Treppe hinab und kämpfte dabei gegen die Versuchung, auf der Stelle Reißaus zu nehmen. Nur der

Gedanke an Chuck hinderte ihn daran. Als er unten war, nahm er es sogar auf sich, den Mülltonnenraum am Ende des Gangs zu erkunden. Der konnte bei dem Angriff als Versteck dienen. Los! Noch diese kleine Anstrengung, und er konnte ins *Majestic* zurückkehren, mit dem Gefühl, seinen Auftrag ausgeführt zu haben. Er stieß die Tür auf und hielt sich die Nase zu. Er befand sich in einem winzigen von vier fensterlosen Wänden eingeschlossenen Innenhof. Der Deckel des großen schwarzen Containers stand offen, und es stank nach verfaulendem Abfall. Ein ebenfalls offenstehender gelber Container quoll über von Papier, Plastik, Pappe und Flaschen, die darin nichts zu suchen hatten. Er hatte keine Lust, sich hier länger aufzuhalten. Kaum hatte er die Tür wieder geöffnet, hörte er die Aufzugstür quietschen, und er erkannte den Menschen, dessen Gesicht er für den Bruchteil einer Sekunde sehen konnte – es war der Mann mit der Mütze, Fox.

Jefferson sprang zurück, fast ohnmächtig vor Angst, und stieß einen langen entsetzlichen, aber kaum hörbaren Schrei aus:

»*Frreeeeeeeeeeeeeeeeeeeeh!*«

Als er wieder zu sich kam, versuchte er, sich zu beruhigen: Der Mann verließ bestimmt das Haus, und er brauchte ihn nur hinausgehen zu lassen, bevor er selbst hinauskonnte. Aber so war es nicht. Er hörte, wie der Mann schimpfte und sich mit sperrigen Gegenständen herumschlug – bestimmt Kartons –, wie er sie fallen ließ und wieder aufnahm, und wie er damit gegen die Aufzugstür und gegen die Wände stieß. Jefferson versteckte sich in Panik hinter dem gelben Container und machte sich ganz klein. Diesmal war es ein Vorteil, dass er so klein war.

Der Mann war jetzt da, in dem engen Raum, höchstens zwei Meter von ihm entfernt, und er schmiss seine Kartons einfach auf den Haufen in dem offenen Container. Ein zusammengeklappter Karton rutschte hinter den Container, und Jefferson bekam die harte Kante auf den Kopf. Doch in dieser Lage hätte es mehr gebraucht, um ihn dazu zu bekommen, »Au!« zu rufen. Er presste seinen Rücken gegen die Mauer und wagte nicht zu atmen.

Seine Augen blieben an der Aufschrift auf dem Karton hängen: TV LED Full HD 121 cm. Der Mann bemühte sich unter Flüchen, mit den Fäusten die Pappe in die Tonne zu stopfen. Jefferson fiel plötzlich ein, dass er vergessen hatte, sein Handy auszustellen. Es konnte jederzeit klingeln und ihn verraten. Und je mehr er sich sagte, dass sein Handy klingeln könnte, desto mehr war er davon überzeugt, dass es klingeln würde, dass es das sogar in den nächsten zehn Sekunden tun würde. Er steckte eine Hand in die Tasche, holte das Gerät heraus und begann, es mit zitternden Fingern zu bearbeiten.

Es rutschte ihm aus der Hand. Das matte Geräusch, das die Hülle verursachte, als das Handy auf den Betonboden prallte, ließ den Mann aufhorchen, der schon die Tür in der Hand hatte.

Für einen Augenblick herrschte nichts als eine unerträgliche Stille, dann hörte Jefferson, wie der Mann mit langsamen Schritten zurückkam.

Krrriiiiiiiiiiiiiiiiiiiiiiiiiiiiiiiiiii!, schluchzte er unhörbar und hatte das Gefühl, dass alle seine inneren Organe zu einem einzigen Klumpen verschmolzen.

Er sah, wie sich der Müllcontainer langsam bewegte und sich auf seinen Rädern von der Mauer entfernte, er sah, wie

die verstreuten Kartonagen, die ihn noch verbargen, eine nach der anderen verschwanden, aufgehoben von unsichtbaren Händen, dann tauchte vor ihm die riesige Silhouette des Manns mit der Mütze auf. Er hatte ihn schon zweimal getroffen, aber noch nicht von so Nahem gesehen. Das Gesicht war pockennarbig, die Zähne ungepflegt, doch am meisten erschreckte ihn der gläserne Blick ohne jede menschliche Gefühlsregung.

»Ach nee, wir kennen uns doch, nicht wahr?«, sagte der Kerl. »Haben wir hier nicht den lieben Herrn Jefferson?«

»Nein, ich heiße Steven«, murmelte Jefferson.

»Wie bitte?«, fragte der Mann.

»Ich heiße Steven«, wiederholte er etwas lauter, selbst erstaunt über seinen Abwehrreflex. Der Name seines englischen Vetters war ihm wie durch ein Wunder eingefallen.

»Aber gewiss doch«, witzelte der Kerl, »natürlich glaube ich dir!«

Und mit seiner Faust packte er Jefferson am Nacken, wobei er ihn gleichzeitig an seiner Kleidung und an seiner Haut festhielt.

Jefferson schlug um sich und versuchte zu beißen, doch der feste Griff des Menschen lähmte seinen gesamten Oberkörper. Er spürte, wie er aufgehoben und fortgetragen wurde. Unterwegs hob der Mann auch das Handy auf und sammelte den an der Eingangstür vergessenen Regenschirm ein. Er stieg in den Aufzug, wobei er seine Beute am ausgestreckten Arm hielt, um Jeffersons Fußtritten auszuweichen.

»Drück die 2! Da fahren wir hin!«, befahl er Jefferson, und der drückte die Taste mit seinem kleinen Zeigefinger.

»Guck mal, Mackie, wen ich hier habe!«

Das Grabesgelächter des langen Dünnen hallte wahrscheinlich durch das ganze Haus, als der Mann mit der Mütze ihm seine Eroberung zeigte.

»Was ist denn das?«

Seine Stimme war unglaublich tief. Sein hervorspringender Adamsapfel spielte Jo-Jo auf seinem schlecht rasierten Hals.

»Das ist unser Freund Jefferson, erkennst du ihn nicht?«, rief der Mützen-Mann mit seiner Reibeisenstimme und zeigte auf das Exemplar des *Posthorn*, das auf dem Tisch lag, der Ausgabe, in der Jefferson auf Seite eins mit seiner Waldbeertorte abgebildet war. »Das isser doch, oder?«

Der lange Dünne saß in einem Sessel und war damit beschäftigt, eine Gebrauchsanweisung zu entziffern. Seine Knie ragten bis zu seinem Kinn. Die geschwollenen Venen seiner Hände, sein Raubtiergebiss, alles an ihm verriet eine grausame und unstete Natur. Zu seinen Füßen lagen verstreut ein Flachbildschirm-Fernseher, diverse Kabel, Kartonreste und Styroporstücke.

»Ja«, sagte er, »der sieht dem ähnlich. Zwar keine Tolle, aber sieht ihm ähnlich. – He, hast du Herrn Edgar ermordet? Wenn man dich anklagt, dann wirst du es wohl gewesen sein. Wer soll es denn sonst gewesen sein?«

Er musste über seinen guten Witz lachen. So leer die Augen des Mützen-Manns waren, so voller Glut waren die des langen Dünnen – die Augen eines Wahnsinnigen.

»Ich heiße Steven«, wiederholte Jefferson, überzeugt, dass sein Überleben an dieser Lüge hing, und er bekam seinen ersten Schlag ab.

Der Mann mit der Mütze hatte seinen Griff gewechselt und hielt ihn nun am Hemdkragen, unterhalb der Kehle, immer noch am ausgestreckten Arm. Seine Hand war so groß, dass die Ohrfeige Jeffersons halben Kopf erwischte. Er bekam davon Ohrensausen.

»Sag das noch einmal ...«

»Ich heiße Steven«, wiederholte Jefferson, und die Hand erwischte ihn von Neuem.

»Was hast du hier zu suchen gehabt, warum hast du dich zwischen den Mülltonnen versteckt?«

Er antwortete nicht.

»Ist das sein Handy?«, fragte Mackie, ohne sich aus seinem Sessel zu bewegen. »Gib mal her!«

Schnell hatte er das Dutzend Fotos entdeckt.

»Was ist denn das da? Was wird hier eigentlich gespielt?«

»Ich bin ... Architekturstudent«, sagte Jefferson, »ich fotografiere die ...«

»Arti... was?«, brüllte Mackie. »Artischocke? Du willst uns wohl auch noch verarschen! Guck mal, Fox, er hat die Straße, den Eingang, die Treppe aufgenommen. – Was hast du damit vor, hä? Wie hast du das hier überhaupt gefunden?«

»Hast du verstanden?«, wiederholte Fox. »Wie bist du hierher gelangt?«

»Ganz zufällig«, fing Jefferson wieder an, »ich bin hier in der Gegend vorbeigekommen und ich ...«

Die Hand schlug wieder zu, und diesmal war es wie ein tolles Feuerwerk, nur schwarz. Und wahrhaftig genauso schön. So etwas wie das Finale, die letzte Rakete, die ganz hoch hinaufzischt, für einen Moment verschwindet und dann noch weiter oben explodiert und leuchtende Feuergarben hervorbringt, die sich vervielfachen und langsam herabfallen. Dann spürte er, wie er auf den Boden geworfen wurde. Er hörte das Geräusch, das seine Glieder und sein Kopf machten, als sie auf die Erde prallten, doch tat ihm schon nichts mehr weh.

Ich heiße Steven, sagte er sich noch einmal, und dann gab es nichts mehr als einen großen schwarzen Himmel.

Der schmale Lichtstreifen, der sich unter der Tür abzeichnete, genügte ihm, um zu begreifen, dass er sich in so etwas wie einem Besenschrank befinden musste. Wie lange schon? Er wusste es nicht. Im Halbdunkel erkannte er dann eine Kehrschaufel aus Plastik und einen Putzlappen. Ein muffiger Geruch nahm ihm den Atem. Der Schmerz strahlte in seinen ganzen Körper aus: ins Knie, in den Schädel, in die Hüfte. Vor allem sein Ellenbogen tat schweinemäßig weh. Das Pfeifen war jetzt etwas weniger schrill, doch sein rechtes Ohr war davon immer noch taub. Als er sich etwas bewegte, merkte er, dass er sich schon wieder in die Hose gemacht hatte, doch in der Lage, in der er sich gerade befand, erschien ihm diese Peinlichkeit vergleichsweise nebensächlich.

Auch ohne die Ohren zu spitzen, konnte er gut verstehen, was die Männer sagten. Sie waren dabei, ihren Fernseher zu installieren, und führten dabei eine eigenartige Unterhaltung.

»Tja, ohne Kabel kein Signal, das ist normal.«

»Ist die Kiste schon mit der Box verbunden?«

»Du hast ihn ein bisschen zu sehr durchgeschüttelt, den Igel, so können wir ihn nicht mehr befragen.«

»Der wird schon aufwachen, keine Sorge. Gib mal die Fernbedienung.«

»Ich glaube, er ist abgehauen, damit er nicht in den Knast wandert. Das sagen sie in der Zeitung.«

»Stell da mal ein Programm ein!«

»Bist du sicher, dass es der ist, den wir beinahe überfahren haben?«

»Ganz sicher. Und er hat alles kapiert, der kleine Schlauberger.«

Es gab eine längere Pause, dann ging es wieder los:

»Ein Programm einstellen, habe ich gesagt, bist du taub?«

»Und nun hat er uns gefunden. Keine Ahnung, wie, aber er hat uns gefunden. Wenn wir ihn laufen lassen, wird er uns verpfeifen …«

»Was ist das für ein Stecker da, der gelbe? Und die anderen sind für gar nichts gut? Ist doch 'n Scheißgerät, das!«

»Ich glaube, wir müssen ihm den Stecker ziehen.«

Bei diesen Worten vergaß Jefferson mit einem Schlag alle Schmerzen. Er war plötzlich wieder bei ganz klarem Verstand, wie wenn ihm jemand einen Eimer kaltes Wasser über den Kopf geschüttet hätte. Hatte er richtig gehört? Den Stecker ziehen? Verzweifelt versuchte er, sich zu beruhigen. Bestimmt war das eine technische Bezeichnung für etwas, das mit ihrem blöden Fernseher zu tun hatte. Er kannte sich da nicht aus, aber er hatte es laut und deutlich gehört: Es musste der Stecker gezogen werden. Der gelbe Stecker gewiss. Er wartete, fast ohnmächtig vor Angst. Träumte er oder waren diese beiden Menschen drauf und dran, ihn zu ermorden? Sollte es sein Schicksal sein, hier in diesem stinkenden Kabuff zu sterben, fern von seinen Lieben, ohne sich von irgendjemandem verabschieden zu können? Er dachte an seine Schwester Chelsea, an Gilbert, an Carola. Sein Herz blutete. Leise seufzte er: »*Freeeeeeeeeeh* …«

»Du bist auf *mute*, Witzbold!«, fing Fox wieder an. »Gib mal die Fernbedienung! Die Frage ist nur, was machen wir mit diesem Viech anschließend? Ich würd' ihm ja gern …« In diesem Augenblick dröhnte der Fernseher ohrenbetäubend durch den Raum.

»… *nur noch sieben Minuten vor dem Schlusspfiff wird es schwierig werden für die Grünen, doch sie haben in dieser Saison schon mehrfach bewiesen* …«, kommentierte eine Stimme.

»Leiser, Idiot!«, bellte Mackie.

Der Ton verstummte sofort.

»Es funktioniert!«, begann Fox wieder. »Klar, ich würde ihn ganz unten in den Müllcontainer stopfen. Was hältst du davon? Da war er doch, bei den Mülltonnen, das wird ihm bestimmt gefallen.«

»Die werden wann abgeholt, deine Mülltonnen?«

»Um sechs Uhr morgens. Die machen immer einen Höllenlärm.«

Wieder eine lange Pause, dann die heisere Stimme von Fox: »Gut, du bleibst die Nacht hier, ich will das nicht allein machen, und morgen gegen fünf Uhr kümmere ich mich um ihn. Ich werd' es machen wie mein Vater mit den Karnickeln.«

»Ach ja, und was hat dein Vater mit denen gemacht?«

»Du packst es an den Hinterpfoten, lässt es pendeln und gibst ihm mit der Handkante einen Schlag in den Nacken. Das Karnickel hört auf zu strampeln, es ist gelähmt und zittert. Und dann stichst du ihm dann das Messer in die Kehle, möglichst an einem Ort, wo es gut ausbluten kann.«

»Du wirst überall Blut verspritzen.«

»Nein, ich mach es in der Badewanne. Dann bringen wir ihn diskret runter und begraben ihn ganz unten im Müll.«

»Sie werden ihn entdecken.«

»Nein, er ist doch nicht groß. Und außerdem geht das automatisch. Sie hängen den Container hinten auf, er wird ausgekippt, und alles fällt in den Müllwagen. Sie gucken nicht nach, was drin ist.«

Jefferson hatte sich an die Rückwand des Besenschranks gedrückt, als ob es die Gefahr bannen würde, wenn er ein paar Zentimeter mehr zwischen sich und diese Menschen brachte. Er stützte seine Stirn auf die Knie und verharrte lange Zeit so zusammengekauert – ein wehrloses verängstigtes Tier.

Dann gelang es ihm allmählich wieder zu denken. Also würde sein kurzes Leben im Badezimmer einer unbekannten Wohnung in Domburg enden, bei den Menschen. Er sagte sich, dass es schön gewesen war, sein Leben. Er hatte Glück gehabt: eine glückliche Kindheit, treue Freunde. Er hatte viel gelacht, wunderbare Bücher gelesen, Musik gehört. Er hatte zu studieren begonnen. Gut, es gab noch ein paar kleine Dinge, die er noch nicht gemacht hatte. Er hätte zum Beispiel vor dem Tod gern eine Verlobte gehabt. Ja, dafür war es echt blöd, vorher zu sterben. *Ich bin doch noch so jung!*, sagte er sich, und ihm kamen die Tränen.

Die beiden Männer sprachen nicht mehr. Sie zappten sich durch alle möglichen Kanäle, und davon gab es viele, in allen Sprachen. Sie waren nicht fähig, auch nur fünfzehn Sekunden bei einem Programm zu bleiben.

»Ich hab' Kohldampf«, sagte Mackie nach ungefähr einer Stunde. »Ich hol mir 'ne Pizza bei Nino. Was für eine willst du?«

»Chorizo!«, antwortete Fox. »Eine große.«

»Und für mich eine Quattro formaggi«, murmelte Jefferson, doch darüber konnte er nicht lachen.

Er hörte, wie die Wohnungstür geöffnet und geschlossen wurde, und auf einmal kam ihm die Idee zu fliehen. Fox glaubte ja, er sei noch ohnmächtig. Er brauchte nur unauffällig aus dem Schrank zu schleichen und wegzulaufen. Darauf bedacht, kein Geräusch zu machen, stand er auf. Seine Beine trugen ihn nur mit Mühe. Er drückte gegen die Tür und begriff, dass er auf dieser Seite nichts zu hoffen hatte. Sie ließ sich nur von außen öffnen. Er setzte sich wieder. Das Beste war, sich ruhig zu verhalten. Er erinnerte sich an das Märchen vom Däumling, in dem der Riese beschließt, bis zum Morgen zu warten, bevor er den sieben Kindern die Kehle durchschneiden würde, dann aber mitten in der Nacht seine Meinung ändert, weil er Hunger hat. Wenn Fox einen Hungeranfall bekäme, würde er bestimmt nur zum Kühlschrank gehen, doch wenn Jefferson ihm zu sehr auf die Nerven ginge, könnte er auch seinen Plan ändern, und dann würde das Schlimmste passieren.

Es blieben nur Gilbert und die »Reimanns«. Was würden sie beschließen, wo sie doch merkten, dass er nicht zurückkam? Der Angriff war für Montagmorgen geplant. Wenn sie an dem Plan festhielten, würden sie vielleicht die Mörder ergreifen, aber er, Jefferson, wäre schon längst tot, begraben unter einem Berg von Müll.

Als Mackie etwa eine Viertelstunde später zurückkam, waberte ein leckerer Duft nach Pizza unter der Tür hindurch. Jefferson, der Pizza liebte, hätte sich gern zu den beiden Mördern gesellt und mit ihnen gegessen. Nur konnte er sich schwer eine Unterhaltung wie diese vorstellen: *Ein wenig scharfe Soße, mein lieber Jefferson, äh, Steven wollte ich sagen? – Gern, mein lieber Fox, Sie sind zu liebenswürdig. – Aber ich bitte Sie, das ist Ihre letzte Mahlzeit, und es gehört sich doch, dass wir Sie da verwöhnen.*

Er hörte das Klappern von Geschirr in der Küche, dann das Aufreißen der Pizzakartons. Trotz des Fernsehers konnte er mit den Ohren jedes noch so kleine Detail des Abends verfolgen: die Spülung der Toilette, das Öffnen der Bierflaschen und das Anstoßen damit, das Klappern des Bestecks auf den Tellern, Lachen, Rülpser, Gähnen.

Die Erschöpfung durch die Anspannung bewirkte, dass er einschlief, zu einer Kugel zusammengerollt. Als er aufwachte, herrschte totale Finsternis um ihn herum. Es war still in der Wohnung. Wie viel Uhr mochte es wohl sein? Fox' Worte hallten in seinen Ohren wider: »Gegen fünf Uhr kümmere ich mich um ihn ...« Vor Angst drehte sich ihm der Magen um.

Gilbert würde ihn nicht im Stich lassen, sagte er sich. Sie hatten einmal in ihrer Hütte einen Pakt geschlossen: Sie hatten sich jeder mit einem spitzen Zweig eine kleine Stelle am Arm aufgeritzt, ihr Blut gemischt und sich gegenseitige Hilfe bis zum Tod geschworen. Gilbert hatte mal wieder den Affen gemacht und sich beim Schwur kaputtgelacht, aber er hatte geschworen. Leider, so sagte er sich nun, waren das nur die Schwüre von Heranwachsenden. Und die Schwüre von Heranwachsenden hatten wahrscheinlich keine Gültigkeit, denn das wirkliche Leben sorgte dafür, dass sie in Vergessenheit gerieten.

Irgendwo im Viertel gab es eine Kirche, und Jefferson hörte es in der Ferne läuten. War es nun zwei oder drei Uhr morgens? Er gelobte, das nächste Mal besser zuzuhören. Er wechselte jetzt in regelmäßigen Abständen seine Position, um nicht steif zu werden: sitzend, auf einer Seite liegend, dann auf der anderen, zusammengerollt, lang auf dem Rücken mit gegen die Wand gedrückten Beinen. Als die Glocken wieder schlugen, hielt er den Atem an und lauschte; eins, zwei, drei, vier. Es war vier Uhr.

Mittlerweile war er nur noch ein Klumpen Angst. Niemals würden die »Reimanns« in der Nacht angreifen. Bestimmt schliefen sie alle in den weichen Betten des *Majestic*, außer Gilbert, der sich schreckliche Sorgen machte. Seine einzige Chance war, dass Fox und Mackie zu viel Bier getrunken hatten und nicht aufwachten.

Diese winzige Hoffnung zerschlug sich, als beim dritten Glockenschlag von fünf Uhr das Klingeln eines Weckers die Stille in der Wohnung beendete. Dieser Widerling von Fox hatte vorgesorgt, er hatte seinen Wecker zum Töten gestellt, so wie normale Leute ihn stellen, um zur Arbeit zu gehen oder um ihren Zug nicht zu verpassen.

Jefferson hörte, wie sie sich anzogen und dabei Sätze brummelten, die er nicht verstand. Dann hörte er wieder den schlurfenden Gang von Fox im Flur. Die Tür des Besenschranks öffnete sich … Die Panik löste eine instinktive Reaktion in seinem Gehirn aus: sich ganz tief schlafend zu stellen. Manche Tiere stellten sich sogar tot, um zu überleben! Ein Raubtier will kein kaltes Aas! Er legte sich platt auf den Boden, als sei er völlig am Ende, die Wange auf den Fliesen, der Mund geöffnet mit heraushängender Zunge. Er wusste, dass er damit keine Chance auf Erfolg hatte, doch was sollte er machen?

Diese dramatische Inszenierung machte keinerlei Eindruck auf Fox, der ihn an den Fußgelenken packte und mit einer entsetzlichen Leichtigkeit hochzog. Sein Portemonnaie und ein Döschen mit Halspastillen fielen ihm aus den Taschen. Er wusste, dass er verloren war, doch nach einer Sekunde Bewegungslosigkeit begann er zu toben. So einfach ließ er sich nicht abmurksen! Er wollte leben! Er brüllte »Hilfe! Hilfe!« so laut er konnte und schlug um sich. Er ließ sich nicht hängen, wie Fox gehofft hatte. Im Gegenteil, er krümmte sich wie eine Made, und es gelang ihm, Fox ins Gesicht und in den Magen zu schlagen.

Fox hatte diese plötzliche Revolte nicht erwartet, doch was ihn noch mehr beunruhigte, war Jeffersons durchdringendes Geschrei. Er würde die Nachbarn alarmieren, dieser Idiot!

»Wirst du wohl die Klappe halten!«, zischte er wütend zwischen den Zähnen und schlug ihm dreimal kurz und heftig mit der geballten Faust gegen den Kopf.

Jefferson drehte benommen die eigene Lautstärke etwas herunter, aber schlug immer noch um sich. Es gelang ihm sogar, Fox durch die Hose zwischen die Beine zu greifen und kräftig zuzudrücken.

»*Hgrrruifffffff!*«, stöhnte Fox und klappte in der Mitte zusammen. Vor Schmerz und Wut warf er Jefferson auf den Boden und traktierte ihn mit Fußtritten.

»Was ist denn hier los?«, fragte Mackie, der hereinkam, während er seinen Gürtel zuschnallte.

»Er hat mir die Eier zerquetscht!«, kreischte Fox.

Mackie lachte.

»Gut, mach schnell! Ich möchte vor der Arbeit noch zu mir. Ich hol dir das Messer.«

Als er das Wort »Messer« hörte, sprang Jefferson auf die Beine und rannte zur Wohnungstür. Er hatte den Türknauf schon in der Hand, als Fox ihn einfing.

»Hilfe!«, schrie er immer noch, »Hilfeee!«

Und diesmal war Fox gar nicht nach Spaß zumute. Er streckte Jefferson mit einem schrecklichen Faustschlag gegen die Schläfe nieder. Jefferson verlor für ein paar Sekunden das Bewusstsein, und als er wieder zu sich kam, hing er, von einer einzigen Hand an den Fußknöcheln gehalten, über der Badewanne und übergab sich. Mackie reichte seinem Kumpel gerade ein großes Küchenmesser. Ihre Worte hallten grässlich in dem gefliesten Badezimmer.

»Und, kommst du zurecht?«

»Klar, gib her!«

»Soll ich ihn halten?«

»Ja, das wär' gut.«

Mackie stellte ein Bein auf den Badewannenrand, presste Jeffersons Körper gegen sein Knie, um ihn bewegungsunfähig zu machen, und drehte ihm die Arme auf den Rücken. Jetzt konnte er sich nicht mehr wehren.

Hilfe!, versuchte er zu rufen, aber das einzige Geräusch, das aus seinem Mund kam, war ein schwaches Glucksen und ein erbärmliches »*Freeeeeeehhh*«.

Dann war es still.

»Was ist?«, fragte Mackie misstrauisch.

Das *tok-tok* war beinahe unhörbar. Sie spitzten alle drei die Ohren. Die beiden Menschen leicht beunruhigt, Jefferson mit kaum begründbarer Hoffnung.

Tok-tok, machte es noch einmal, etwas lauter, an der Wohnungstür. Es hallte im Treppenhaus des schlafenden Wohnhauses wider.

»Geh mal gucken!«, murmelte Fox, und Mackie verschwand im Flur, wo er sich auf Zehenspitzen fortbewegte. Ein paar Sekunden vergingen. Bestimmt lugte Mackie durch den Spion.

Er kam zurück.

Fox sah ihn fragend an: »Was ist da los?«

Mackie zog ein Gesicht und breitete die Arme aus.

»Eine Füchsin …«

»Mach nicht auf. Warte!«

Fox hatte das Messer angesetzt, und Jefferson spürte die kühle Spitze auf seinem Hals. Die beiden Männer lauschten bewegungslos. Etwa zehn Sekunden vergingen. Kein Klopfen mehr an der Tür.

»Mach schon«, sagte Mackie und packte fester zu.

14

Die Tür war aus hartem Holz und mindestens drei Zentimeter dick. Und als sie nachgab, hatte man den Eindruck, dass eine Granate in der Wohnung explodierte. Die Holzstücke flogen in alle Richtungen, und auf den gewaltigen Krach folgte lautes Geschrei:

»Meine Schulter! Verdammt! Meine Schulter!«

Walter Schmitt war wie ein Geschoss hereingebrochen und hatte erst von der Wand auf der anderen Seite des Flurs gestoppt werden können. Nun kniete er auf dem Boden und jammerte: »Au, verdammt, ich habe mir meine Schulter kaputtgemacht!«

Fox und Mackie stierten ihn verdattert durch die offene Badezimmertür an.

Doch sie hatten keine Zeit, sich lange Gedanken zu machen über die unerwartete Gegenwart eines rotgesichtigen Wildschweins mit Tränen in den Augen. Durch die geöffnete Bresche stürmten die sechsundzwanzig anderen Tiere angriffslustig herein.

»ORTEN!«, schrie Gilbert.

Die Häsin und das Huhn Clarissa sowie die anderen kleinsten und beweglichsten Tiere verteilten sich in allen Räumen und riefen: »Jeff, bist du da?«

»Herr Jefferson, sind Sie hier?«

»Huhu, ist da wer?«

Es war Clarissa, die als Erste in das Badezimmer stürmte und mit Mackie zusammenstieß, der gerade herauseilte.

»Sie sind hiiiiiiiier!«, kreischte sie.

»Was soll denn der Quatsch?«, schimpfte Mackie und gab ihr einen Fußtritt gegen die Brust.

»RAMMEN!«, befahl Gilbert.

Die Ziege und ihr Mann stürmten Seite an Seite los. Sie sprangen über Clarissa hinweg und stürzten sich mit gesenktem Kopf auf Mackie, der mit dem Nacken gegen die Kante des Waschbeckens knallte. Er sank in sich zusammen.

Fox hatte Jefferson in die Badewanne fallen lassen. Er stellte sich den Angreifern entgegen und schwang in seiner Hand das Messer, dessen Klinge rot von Blut war.

»Meine Damen, meine Herren, haben Sie ein Problem?«, witzelte er reflexartig, doch in seinem Gesicht konnte man seine Fassungslosigkeit lesen.

»Neiiiiiiin!«, schrie Gilbert, als er Jefferson bewegungslos und blutbesudelt auf dem Boden der Badewanne liegen sah.

»Doch!«, antwortete Fox kalt.

Er hätte besser daran getan, den Mund zu halten und auf seine Gegner zu achten. Denn die kleine Frau Perl hatte sich mir-nichts-dir-nichts hinter allen durchgeschlängelt, war auf den Rand der Badewanne geklettert und schwang nun eine aus dem Hotel geliehene Bratpfanne über dem Kopf von Fox.

»Pass a... pass a-a...«, murmelte Mackie, der allmählich wieder zu sich kam.

»Hä?«, fragte Fox.

»Das Ei… das Eich…«

»ZERSTÖREN!«, schrie Roland, der jetzt an der Stelle seines Vetters das Kommando übernommen hatte.

Die Pfanne ging auf den Schädel von Fox nieder, der über seinen Kollegen fiel.

»War ich das?«, fragte Frau Perl, als sie ihn stürzen sah. Sie betrachtete die Pfanne.

»Das ist das erste Mal in meinem Leben, dass ich jemanden bewusstlos geschlagen habe … hast du mich gesehen, Gustav?«

»Ich hab' dich gesehen, Liebling …« beglückwünschte sie Herr Perl. »Bravo!«

»FESTSETZEN!«, schrie Roland.

Und nun traten die Schwergewichte der Reimann-Truppe in Aktion. Die Kuhdame, ihre beiden Kälber-Nichten und Frau Schmitt eilten ins Bad und ließen sich zu viert auf den beiden Mördern nieder.

»*Uffff!*«, machte Mackie.

»*Offff!*«, ergänzte Fox.

Herr Brüderle, das Doktorschaf, kniete bereits neben Jefferson in der Badewanne. Gilbert hatte ihn herbeigewinkt.

»Jeff, Jeff! Sag was!«

Der Arzt sorgte dafür, dass Jefferson auf dem Rücken lag, und legte sein Ohr auf seine Brust.

»Er atmet, und sein Herz schlägt. Das ist schon einmal gut. Können Sie mir bitte den Duschkopf herüberreichen?«

Das Badezimmer hatte sich mit schweigenden Tieren gefüllt.

Alle warteten nur darauf, dass Simone, deren langer Hals über die Köpfe ragte, zu weinen begann.

»Wird er überleben?«, schluchzte sie.

Doktor Brüderle ließ Wasser über Jeffersons Gesicht laufen, um seine Wunden besser begutachten zu können, und alle wunderten sich, als er zu kichern begann.

»Ja, ich glaube, er wird überleben. Aber wir sind gerade noch rechtzeitig gekommen. Das Messer muss abgerutscht sein. Hier, Gilbert, wickeln Sie das in Ihr Taschentuch, für den Fall, dass er es als Andenken behalten möchte.«

»Was ist das denn?«

»Man nennt es eine Ohrmuschel. Aber machen Sie sich keine Gedanken, sie dient mehr der Dekoration als allem anderen. Er wird sehr gut ohne zurechtkommen.«

Als Jefferson wieder zu sich kam, sah er, wie ein Dutzend wohlwollender Gesichter zu ihm hinuntersahen; das erfreute Gesicht seines Freundes Gilbert, die gerührten Gesichter des Dachspaars Hild, das verblüffte Gesicht des Katers, die Gesichter von Clarissa, den beiden Füchsinnen, die jetzt ganz ernst waren, und noch weitere.

»Gut, dass ihr gekommen seid«, sagte er. »Danke.«

Für jemanden im Ruhestand hatte der Arzt in den nächsten Minuten viel zu tun. Er hatte das wohl vorausgesehen und sich deshalb in der *Zentralapotheke* mit allem eingedeckt, was nötig werden konnte, wenn es hart auf hart kam. Er verband Jeffersons Ohr und wickelte einen weiteren Verband um seinen ganzen Kopf, dann ließ er ihn eine Tablette schlucken.

»Damit werden Sie gut schlafen«, verkündete er.

Dann wandte er sich den beiden Mordgesellen zu, die nahe daran waren, den Erstickungstod zu sterben, erdrückt vom Gewicht der Damen. Die erhoben sich nur so weit, dass er den Mördern eine Spritze in den Hintern stechen konnte.

»Gute Nacht, meine Herren«, sagte er zu ihnen, »ich bin das Sandmännchen, erkennen Sie mich?«

Beide hatten jeden Sinn für Humor verloren. Mackie versuchte noch Widerstand zu leisten, doch seine Augen fielen trotzdem zu. Fox wiederum hörte bereits die Englein singen.

»Könnten Sie sich bitte auch einmal um meinen Mann kümmern?«, fragte Frau Schmitt schüchtern, während sie aufstand. Beinahe hatte man den guten Walter vergessen, der bewegungslos im Flur verharrt hatte. Er saß mit dem Rücken an der Wand und hielt seinen rechten Arm angewinkelt.

»Ojeeee, ich habe euch allein gelassen!«, jammerte er. »Ich wollte beim Kampf dabei sein, aber meine Schulter funktioniert nicht mehr. Sie war ganz schön dick, diese Scheißtür! Ihr müsst mich entschuldigen ...«

»Aber nicht doch«, tröstete ihn Gilbert, während der Doktor ihm eine Armbinde verpasste. »Im Gegenteil, Sie waren großartig. Ohne Sie hätten wir es niemals geschafft.«

Der Nachbar auf derselben Etage stand, von dem Lärm aufgeschreckt, im Schlafanzug auf seiner Fußmatte und betrachtete mit offenem Mund das Schauspiel, das die achtundzwanzig Tiere boten, die eins nach dem anderen durch die aufgesprengte Tür kamen. Alle grüßten ihn höflich, bevor sie die Treppe nahmen. Eine der Füchsinnen wisperte ihm zu:

»Das ist ein Traum, junger Mann, nur ein Traum.«

Einen Augenblick lang überlegte er, ob er nicht die Polizei rufen sollte, aber als er die beiden Schweine Roland und Gilbert Mackies Körper an den Füßen schleifen und in den Aufzug stopfen sah, fand er, dass die Füchsin recht haben musste: Das konnte nur einer der seltsamen Träume sein, die einen manchmal frühmorgens überfallen. Er nahm ein Beruhigungsmittel und legte sich wieder ins Bett.

Der Reimann-Bus parkte direkt vor der Nummer 44. Zu dieser Stunde war die Allee noch ganz verlassen. Ein feiner Regen brachte die Fahrbahn zum Glitzern. Die beiden Gangster wurden unter Anleitung des Katers, der sich mit Knoten auskannte, gut verschnürt und als handliche Pakete ganz nach hinten in den Gepäckraum geschoben. Um sie herum wurde eine regelrechte Mauer aus Koffern und Taschen aufgebaut, um sie unsichtbar zu machen.

Im Fond des Busses wurde die Krankenstation eingerichtet. Herr Schmitt bekam ein paar Kissen, die seine Schulter stützten und grobe Stöße auffingen. Jefferson, bei dem die Tablette, die Doktor Brüderle ihm gegeben hatte, gut wirkte, wurde auf zwei Sitze gelegt und bekam ein Reisekissen unter den Kopf geschoben.

Wenn ihn jemand fragte, ob es ihm gut gehe, antwortete er nur mit schlaffer Stimme: »Jaja, aber ich habe den Schirm nicht ins Hotel zurückgebracht, das ärgert mich …« – als ob das in diesem Augenblick auch nur die geringste Bedeutung gehabt hätte.

Man dachte, dass die beiden die einzigen Verletzten seien, doch im letzten Moment kam ein weiterer dazu. Während er geholfen hatte, die Gefangenen in den Gepäckraum zu laden, war Roland über den Bordstein gestolpert und hatte sich das rechte Fußgelenk wehgetan, und zwar derart, dass es in wenigen Minuten so dick wie ein Handball angeschwollen. Doktor Brüderle diagnostizierte sogleich eine handfeste Verstauchung.

Es stand außer Frage, dass der unglückliche Fahrer sich unmöglich ans Steuer setzen konnte.

»Steuern könnte ich ja noch«, kommentierte er gezwungen lachend, »aber das Kuppeln geht gar nicht, und ich habe nicht die Absicht, 460 Kilometer im ersten Gang zu fahren.« Trotzdem stiegen alle ein, und als sie saßen, erhob sich Roland auf einem Bein.

»Also, wer kann statt meiner fahren?«

Diese eigentlich ganz einfache Frage stürzte die ganze Gruppe in komplette Verwirrung, umso mehr, als niemand sich verstecken konnte.

»Ich habe meinen Führerschein nicht dabei«, sagte Simone.

»Ich auch nicht«, echote der Kater.

»Ich auch nicht«, sagte Frau Hild.

»Ich habe seit einem Dutzend Jahren keinen Kraftwagen mehr gefahren«, sagte ihr Mann.

»Ich komm nicht an die Pedale«, sagte Clarissa.

»Wir haben ein kleines Elektroauto«, sagten die Perls, die Eichhörnchen, »aber ein Bus …«

Alle hatten einen guten Grund, warum sie sich nicht ans Steuer setzen konnten, und als jede und jeder diesen genannt hatte, ruhten die Blicke schließlich auf dem Einzigen, der nichts gesagt hatte.

»Gilbert, mein Junge«, begann Roland, während er sich den Knöchel massierte, »du bist dran! Wir sind Vettern, und wir sehen uns ähnlich. Du ziehst meine Jacke an und setzt meine Mütze auf, und im Falle einer Kontrolle heißt du Roland. Also, es geht los!«

»Was soll das heißen, es geht los? Ihr habt ein Detail vergessen, und zwar eine ziemlich blöde Sache.«

»Was für eine blöde Sache?«

»Dass ich überhaupt nicht fahren kann. Ich kann die Straßenverkehrsordnung auswendig, aber ich bin noch nie gefahren!«

»Papperlapapp! Ich bleibe an deiner Seite und helfe dir. Auf, auf! Wir haben keine andere Wahl, wir müssen abfahren!«

Unter normalen Umständen wäre Rolands Vorschlag auf kategorische Ablehnung gestoßen, doch die »Reimanns« hatten gemeinsam eine solch irre Nacht durchlebt, dass sie allen gesunden Menschenverstand verloren hatten und anfingen »Gil-bert, Gil-bert« zu skandieren, wobei sie in die Hände klatschten.

»Gut«, hauchte der und setzte sich die Mütze seines Vetters auf, »ihr habt es so gewollt.«

Die ersten 150 Meter fuhr er so, dass die Reifen die ganze Zeit an der Bordsteinkante entlangschleiften.

»Du musst gerade fahren!«, seufzte Roland, der neben ihm saß. »Gerade, es riecht schon nach verbranntem Gummi!«

Den folgenden Kilometer brachte Gilbert mit dem Versuch zu, den Gang zu wechseln. Roland gab immer mehr Ratschläge: »Kuppeln! Kuppeln! Das linke Pedal! Schneller! Nein, langsamer! Jetzt hast du blockiert, das ist ganz normal! Jetzt ist es gut, aber du beschleunigst zu sehr! Auskuppeln! Nein, du bist nicht im ersten Gang, du bist am toten Punkt, so kann man nicht anfahren! Du musst den Schaltknüppel ganz nach hinten drücken! Drücken, weiter drücken! Drücken! Die Kupplung kommen lassen! Nicht so plötzlich! Was, du siehst nichts mehr? Das ist normal, die Mütze ist dir über die Augen gerutscht, schieb sie hoch! Fahr wieder los! Beschleunigen! Kuppeln! Nein, nicht hupen. Kuppeln! Jaaaa! Langsam! Bremsen! Bremsen!«

Der Bus wurde durchgeschüttelt, stoppte plötzlich, machte einen Satz nach vorn, die Scheibenwischer gingen los, dann wurde der Motor abgewürgt, dann heulte er auf, die Gangschaltung kreischte vor Schmerz. Als es Gilbert endlich gelang, in den zweiten Gang zu schalten, erhob sich ein Geschrei im Bus, und alle skandierten: »Gil-bert! Gil-bert!«

Glücklicherweise war kaum Verkehr an diesem frühen Morgen, und so gelang es ihnen, aus der Stadt zu kommen, nachdem sie nur drei parkende Autos gestreift hatten und mit der einen Seite des Busses an einer Mauer entlanggeratscht waren, die sich, Gilbert zufolge, ihnen auf einmal in den Weg gestellt hatte. Wenn sie an einen Kreisverkehr kamen, schnitt er beim Einfahren allen anderen den Weg ab, und oft machte er zweimal die Runde, bevor sie wieder herauskamen. Am Ende schaffte er unter unbeschreiblichem Jubel sogar den dritten Gang, und der Bus schnurrte durch die von Regentropfen glitzernde Landschaft. Die Autobahn mieden sie. Gilbert wäre lieber gestorben als sich darauf zu begeben.

Dem Armen rann auf seinem Fahrersitz der Schweiß hinunter.

»Ich werde es nie schaffen …«, jammerte er, doch dann kam eine lange gerade Strecke, auf der er eine Geschwindigkeit von 64 Stundenkilometern erreichte und kein schwieriges Manöver zu absolvieren hatte. Man nutzte die Gelegenheit, um sich seiner anzunehmen: die eine Füchsin wischte ihm mit ihrem Taschentuch über die Stirn, Frau Hild gab ihm heißen Tee zu trinken, und Clarissa massierte ihm die Schultern.

Jetzt ging es schon besser, doch er hing eine Viertelstunde lang hinter einem Trecker fest, den er nicht zu überholen wagte. Als er sich entschied, es doch zu tun, mit zusammengebissenen Zähnen und aufheulendem Motor, gerieten die »Reimanns« geradezu in Trance. »Gil-bert! Gil-bert!«, riefen sie wieder, bis sie an dem verdutzten Bauern vorbei waren. Viele der Tiere küssten sich.

Eines der jungen Kälber, das ganz hinten saß, kam nach vorn, um darauf hinzuweisen, dass ein kleines rotes Auto mit einem Fahrrad auf dem Dach ihnen schon seit Domburg folgte. Es hielt, wenn sie hielten, und es fuhr weiter, wenn sie weiterfuhren. War das nicht seltsam?

»Wir haben keine Zeit, um uns darum zu kümmern«, antwortete Roland. »Wir müssen weiter, weiter!«

Sie machten keine Pause, um zu essen oder zu trinken oder auch nur um Pipi zu machen. Ihr größter Wunsch war, so bald wie möglich die Grenze zu erreichen. Wie es Gilbert gelang, seine kleine verschworene Gemeinschaft dorthin zu bringen, das grenzte an ein Wunder, aber es gelang. Beinahe jedenfalls.

Sie hatten nur noch wenige Kilometer auf der Landstraße zurückzulegen, als ein Polizeiwagen sie überholte. Das Blinklicht und der Arm eines Polizisten, der aus dem Fenster winkte, ließen keinen Zweifel zu: Kontrolle!

Gilbert reagierte etwas verspätet.

»Bremsen! Bre-he-he-he-he-msen!«, schrie Roland, und der Bus blieb auf dem Seitenstreifen stehen, dreißig Zentimeter vor der Stoßstange des Polizeiwagens.

Der Motor ging mit einem letzten Ruck aus, und es herrschte Totenstille.

4N 1M 4L

15

Der Polizist, der an Bord kletterte, war nicht zu Scherzen aufgelegt. Seine kräftigen Kiefer, seine schmalen Lippen und seine metallisch blauen Augen ließen das Schlimmste befürchten. Er trug eine kugelsichere Weste über seiner Uniform und eine Schirmmütze, auf der deutlich das Wort GRENZPOLIZEI zu lesen war.

»Guten Tag, meine Damen und Herren«, sagte er und tippte mit dem Finger an die Mütze.

»Guten Tag«, antworteten die achtundzwanzig Tiere alle zusammen.

»Ich nehme an, Sie wissen, weshalb wir Sie angehalten haben?«, fragte der Polizist.

»Öh … nein«, stotterte Gilbert, der noch immer hinterm Steuer saß. Der Schweiß lief ihm in großen Tropfen die Stirn hinunter. »Das heißt, vielleicht doch irgendwie …«

»Wir folgen Ihnen schon seit einigen Minuten, und Sie haben so etwas wie einen Rekord aufgestellt: Auf acht Kilometer haben Sie siebzehn Mal gegen die Straßenverkehrsordnung verstoßen.«

»Entschuldigen Sie bitte, ich …«

»Aber Sie haben Glück, wir sind nicht die Verkehrspolizei. Wir sind für die Einhaltung der Zollvorschriften zuständig. Deshalb würden wir gern einen Blick auf Ihr Gepäck werfen. Können Sie bitte den Gepäckraum öffnen?«

»Natürlich, gern … hast du den Schlüssel, Roland?«

Roland hatte inzwischen die Sportart gewechselt, denn sein Fußgelenk hatte mittlerweile die Größe eines Fußballs erreicht.

Er begann sich zu winden und eine der zahllosen Taschen seiner Jacke und seiner Hose zu durchsuchen.

»Der Schlüssel, also … da ist er nicht … da auch nicht … vielleicht hier … nein, auch nicht … Das ist doch verrückt, eigentlich … Moment, da ist … nein, Pech gehabt, das ist der Schlüssel zu meinem Fahrradverschlag … Ich habe mir nämlich ein Elektrofahrrad zugelegt, und angesichts des Kaufpreises habe ich keine Lust, es mir klauen zu lassen. Haben Sie schon mal ein E-Bike ausprobiert? Ich schwöre Ihnen, das ist eine tolle Sache. Bei einer Steigung haben Sie das Gefühl, dass …«

Der Blick des Polizisten verfinsterte sich, und Roland begann nervös mit der Fußspitze auf dem Fußboden zu wippen. Die »Reimanns« schwiegen, und in der Stille ließ sich ein *dumpfes bumm bumm* bumm vernehmen. Es hörte sich an wie ein Klopfen aus dem Inneren einer Kiste. Es folgte wie aus der Ferne der Ruf: »Aufmachen!«

Die Stimme war gedämpft, aber vernehmlich. Alle hatten sie gehört außer dem Polizisten, der anscheinend etwas schwerhörig war.

»Aufmachen! Holt mich hier raus!«, meldete sich die Stimme nur wenig lauter erneut.

Und wieder *bumm bumm bumm*. Welcher der beiden Mörder war aufgewacht? Und wie konnte er so klopfen, wo doch beide gut verschnürt waren? Bestimmt mit dem Kopf. Jedenfalls konnte das zu keinem ungünstigeren Zeitpunkt passieren.

Wie Clarissa auf ihren Geniestreich gekommen war, wunderte sie sich später selbst. Jedenfalls hatte sie den wunderbaren Einfall, beim nächsten Mal mit der Faust gegen die Seitenwand des Busses denselben Rhythmus zu klopfen, und dann fing sie an zu singen:

Macht auf! Macht auf! Macht auf, lasst mich hier raus! Ah-ha!

Die beiden Kälber, Frau Brüderle und Frau Perl reagierten sofort.

Macht auf! Macht aaaaauuf! Macht auf, lasst uns hier raus! Ah-ha!

Dann kamen Männerstimmen dazu, eine Oktave tiefer, während die Fäuste auf das Blech des Busses hämmerten, *bumm bummm:*

Macht auf! Macht aaaaauuf! Macht auf, lasst uns hier raus! Ah-ha! Ah, aaaaah!

Sie konnten allerdings diesen absolut stupiden Refrain nicht endlos wiederholen. Sie brauchten einen Text, und hier bewies Herr Hild sein Talent. Von seiner Dichtkunst hing nun das Schicksal seiner Reisegefährten ab, und er machte seine Sache so gut, dass man das Gefühl hatte, dieses Lied hätte es schon immer gegeben:

In einem finstren Kellerloch
Lag einst Andreas Hofer,
Und weil es so abscheulich roch,
Fand er es immer doofer:

Der ganze Bus intonierte nun den Refrain, begleitet von kräftigem Hämmern mit den Fäusten:

Macht auf! Macht aaaaauuf! Macht auf, lasst mich hier raus! Ah-ha!

Herr Hild begann wieder mit seiner tiefen Stimme und improvisierte eine zweite Strophe:

Ein Igel, hübsch und kühn,
Der war ganz arg gefangen,
Weil's Schicksal ihm nicht grün,
Doch tät er gleich verlangen:
Macht auf! Macht aaaaauuf! Macht auf, lasst mich hier raus!, grölten die achtundzwanzig »Reimanns«, um das Klopfen zu überdecken, das erneut aus dem Gepäckraum kam.

Ah-ha! Ah, aaaaah! Holt uns aus diesem Rattenloch!

»Den Schlüssel!«, befahl der Polizist, der allmählich die Geduld verlor.

Roland, der ihn gefunden hatte, tat so, als würde er ihn unter seinem Sitz verlieren, und Gilbert legte sich bäuchlings auf den Boden, um ihn zu suchen.

»Ha, das ist echt nervig, ich tipp ihn mit den Fingerspitzen an, und schon ist er weggerutscht. Ich kann ihn einfach nicht erreichen. Sie haben nicht zufällig eine Stricknadel oder etwas Ähnliches bei sich?«

Roland lenkte den Polizisten ab, indem er weiter vom Elektrofahrrad redete – das heißt, er musste schreien, um sich verständlich zu machen, da die anderen noch immer mit ohrenbetäubender Lautstärke sangen. »Ja, da gibt es verschiedene Einstellungen, müssen Sie wissen, Sie können einstellen, wie sehr der Motor Ihnen helfen soll. Wenn die Steigung zum Beispiel nicht groß ist und Sie gut im Tritt sind, wählen Sie nur die geringste Hilfe, doch bei der ersten steilen Stelle oder auch, wenn Sie einen kleinen Durchhänger haben, wie man so sagt, haha, also, dann können Sie …«

Der Polizist wischte sich mit seinem Taschentuch die Stirn ab. In zwanzig Jahren Grenzpolizei war er noch nie auf eine derart verrückte Truppe gestoßen. Angesichts der Ausführungen über die Vorteile von Elektrofahrrädern, des Lärms, der wilden Gesänge und eines unauffindbaren Schlüssels hatte er zunehmend das Gefühl, dass ihm die Situation entglitt. Es war auch das erste Mal in seiner Karriere, dass man ihn gefragt hatte, ob er zufällig *eine Stricknadel oder etwas Ähnliches* bei sich hatte. In diesem Augenblick konnte man sich gut vorstellen, dass er schlicht und einfach aufgeben und auf jede Kontrolle verzichten würde. Leider aber tauchte plötzlich sein Kollege auf dem Seitenstreifen auf.

»Chef, ich habe versucht, den Gepäckraum einfach so zu öffnen … er ist nicht abgeschlossen.«

Der Polizist warf einen wütenden Blick auf die versammelten Tiere und stieg aus dem Bus. Die Gesänge hörten auf. Gilbert stand auf, hob seine Arme und ließ sie wieder auf seine Schenkel fallen. Das bedeutete: *Nun ja, wir haben unser Möglichstes getan, aber jetzt sind wir, glaube ich, am Ende.*

»Ist die Polizei wegen meines Regenschirms hier?«, fragte Jefferson, noch immer ziemlich benommen von den Tabletten. »Das tut mir leid. Mein Fehler … ich wollte ihn zurückbringen, aber …«

Herr Schmitt beruhigte ihn: »Nein, nein, aber nein, das hat nichts mit Ihrem Schirm zu tun, Jefferson. Schlafen sie ruhig wieder ein!«

Alle, die zur Böschung hin saßen, drückten sich ihre Nasen an den Fensterscheiben platt, um das, was jetzt passieren musste, live zu verfolgen. Es war nicht schwer vorherzusehen:

In ein paar Sekunden würden die Polizisten die beiden gut verpackten Menschen im Gepäckraum entdecken, und das wäre der Untergang. Die »Reimanns« würden in Handschellen abgeführt, in einen Gefangenentransporter geworfen und nach Domburg gebracht werden, wo sie verhört, gegrillt, verurteilt und jeweils zu viert auf finstere Kerker verteilt werden würden, und dann würden sie jahrelang *Macht auf! Macht auf! Macht auf, lasst uns hier raus!* singen können, ohne dass ihnen jemand zur Hilfe käme. Das also würde passieren.

Da sein Vetter nicht in der Lage war aufzustehen, stieg Gilbert an seiner Stelle aus und rechnete mit dem Schlimmsten. Doch wie er oft und gern zu sagen pflegte: Das Schlimmste ist niemals sicher.

Der Chefpolizist war gerade dabei, die Klappe des Gepäckraums zu öffnen, als etwas total Überraschendes geschah: Ein Mountainbike tauchte mit voller Geschwindigkeit zwischen Bus und Böschung auf, streifte Gilbert und schob sich zwischen die beiden Polizisten. Die junge Frau am Lenker hatte verwuschelte kurze Haare, und diese Haare waren … knallorange! Sie griff mit einem kurzen Schlenker ihres Arms nach der Mütze des Chefpolizisten, setzte sie sich verkehrt herum auf und radelte wie eine Verrückte davon in Richtung Domburg, mit Volldampf, die Ellenbogen ausgefahren und die Nase auf dem Lenker. Der Polizist stieß einen Fluch aus und diverse Verwünschungen, deren harmloseste noch war: »Hach, dieses verdammte Luder!«

Er versuchte hinterherzurennen, und sein Kollege lief mit. Doch zu Fuß hatten sie keine Chance, die Flüchtigen zu erwischen. Sie sprinteten also, als wäre es das olympische Hundert-Meter-Finale, zu ihrem Auto zurück, sprangen hinein und wendeten mit quietschenden Reifen. Die Demütigung verlieh ihnen Flügel. Diese Göre würde ihre Frechheit teuer bezahlen, o ja, sehr teuer!

»Sollen wir hier auf Sie warten?«, rief ihnen Gilbert mit der denkbar unschuldigsten Miene hinterher.

»Sie fahren weiter!«, schrie der Polizist durch das herabgelassene Fenster, und das bedeutete: *Zieht Leine, es hat mir gereicht mit euch!*

Die »Reimanns« ließen sich das nicht zweimal sagen. Sie setzten sich wieder auf ihre Plätze, und die, die nicht genügend Zeit dazu gehabt hatten, fanden sich infolge des rasanten Starts, den Gilbert hinlegte, auf ihre Sitze gepresst. Die beiden Füchsinnen, die ihre Plätze hinten hatten, drehten sich um, um zu sehen, ob Roxane davonkommen würde.

»Sie sprintet noch«, sagte die eine.

»O mein Gott, sie kriegen sie«, sagte die andere.

»Ja, sie fährt zickzack, um sie abzuschütteln, aber das bringt nichts.«

»Tja, das war's wohl, sie haben sie abgedrängt.«

Sie schwiegen einen Moment, dann stießen sie auf einmal Freudenschreie aus.

»Was ist los, was ist passiert?«, fragten die »Reimanns«.

»Sie beschleunigt!«

»Oje, was macht sie denn jetzt?«

»Sie fährt die Böschung hinunter! Sie ist jetzt im Wald!«

»Mit dem Rad?«

»Ja, mit dem Rad! Sie ist verschwunden!«

»Und, folgen sie ihr?«

»Nein, wie sollten sie auch?«

»Und was machen sie?«

»Nun, gar nichts. Ah, doch: Der, der seine Mütze noch hat, wirft sie auf den Boden.«

Ein tolles Geschrei erhob sich im Bus:

»Jaa-aaa-aaa!«

Dann erklang das Lied, das in wenigen Minuten zu ihrer Hymne geworden war:

Macht auf! Macht aaaaauuf! Macht auf, lasst uns hier raus! Ah-ha! Ah, aaaaah!

An der Grenze ließ man sie ebenso leicht passieren wie eine Woche zuvor in der umgekehrten Richtung. Kaum waren sie hinüber, machten sie auf einem Rastplatz kurz Halt, um sich zu erfrischen, sich die Beine zu vertreten, und auch damit Doktor Brüderle in aller Stille bei den beiden blinden Passagieren eine kleine Erinnerungsspritze ansetzen konnte, sodass sie noch ein paar Stunden Ruhe geben würden.

Es war schon dunkel, als sie weiterfuhren.

Viele schliefen ein, den Kopf auf ihrer Jacke oder ihrem Reisekissen, das Ehepaar Brüderle mit ihrem brandneuen Plaid auf den Knien. Einige begannen zu lesen oder sich leise mit Sitznachbarn zu unterhalten. Herr Schmitt hielt seine rechte Schulter mit der linken Hand fest und seufzte leise. »Wir sind bald zu Hause, mach dir keine Sorgen«, munterte seine Frau ihn auf. Jefferson schlief wie ein Murmeltier. Der unglückselige Gilbert am Steuer war völlig erschöpft. Er beugte sich immer weiter nach vorn, seine Lider wurden immer schwerer, und das Fahren bei Nacht war eine zusätzliche Herausforderung.

»In meinem Handbuch habe ich gelernt, dass man nie mehr als drei Stunden am Stück fahren soll, und wie viel habe ich jetzt schon? Mindestens vierzehn, oder?«

Roland ließ die Straße nicht aus den Augen und redete unaufhörlich auf ihn ein.

»Gut so, mein Junge … ja, mach das Fernlicht an … lass den ruhig überholen, rechts halten … gut so … gut so … jetzt musst du das Abblendlicht einschalten … hast du keinen Durst?«

Gilbert fuhr nicht schnell, und es war schon fast drei Uhr morgens, als der gelbe Reimann-Reisebus sein Ziel erreichte und auf dem Kies vor dem Polizeirevier hielt. Es war dunkel, abgesehen von einer vergitterten Lampe vor dem Eingang. Roland stieg aus dem Bus, hüpfte auf einem Bein bis zur Klingel und drückte auf den Knopf.

»Ja?«, fragte eine Männerstimme.

»Guten Abend, mein Name ist Roland, ich arbeite für *Reimann-Reisen*, Sie wissen schon, die Reisebusse …«

»Ja …«

»Nun ja, ich habe meinen Bus hier bei Ihnen geparkt. Darin sind siebenundzwanzig Tiere, die eine Reise zu den Menschen hinter sich haben …«

»Ja …«

»Ja, und unter diesen Tieren befindet sich der Igel Jefferson, der des Mordes an Herrn Edgar, dem Dachs, verdächtigt wird. Aber er ist nicht der Schuldige. Der Schuldige liegt gut verschnürt im Gepäckraum, zusammen mit seinem Komplizen. Den bringen wir Ihnen.«

Es folgten einige Sekunden Stille in der Gegensprechanlage, dann: »Können Sie bitte wiederholen, was Sie gerade gesagt haben?«

Roland wiederholte.

»Bleiben Sie, wo Sie sind.«

Als der Polizist, eine große Dänische Dogge, zusammen mit einem Kollegen in den Bus kletterte, fanden sie zu ihrer Überraschung alle Passagiere schlafend vor, den Kopf zurückgelehnt oder an der Schulter des Nachbarn oder der Nachbarin. Einige schnarchten leise. Sogar der Fahrer schlief mit dem Kopf auf dem Lenkrad, mit einem Lächeln um die Lippen.

»Der scheint noch ziemlich jung zu sein, Ihr Fahrer da«, brummelte der Polizist, milde gestimmt durch den friedlichen Anblick. »Hat er überhaupt einen Führerschein?«

»Ja doch«, murmelte Roland, »das heißt … nein.«

»Gut, darum werden wir uns später kümmern. Wo ist Jefferson?«

Roland führte sie durch den Mittelgang zum hinteren Ende des Busses. Die beiden Polizisten zogen ihre Pistolen und richteten sie auf den jungen Igel. Er lag auf zwei Sitzen, den Kopf mit einem Verband umwickelt, der an der Stelle des einen Ohrs leicht gerötet war. Er öffnete ein Auge ein Stück weit, dann beide. Sein Kinn begann zu zittern.

»Bitte nicht schießen … ich … ich werde einen neuen kaufen, versprochen … ich werde ihn ersetzen …«

16

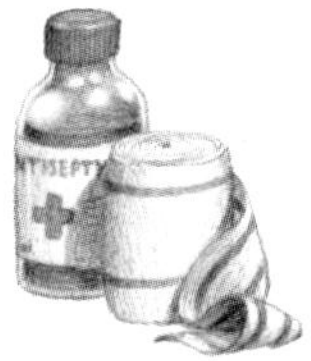

Als Jefferson endlich aufwachte, sah er keine Polizeipistole bedrohlich auf sich gerichtet. Er sah auch kein Küchenmesser, das ein Mensch gezückt hatte, um ihn wie einen Stallhasen abzustechen, und auch nicht den drohenden Zeigefinger des Direktors des *Majestic*, der von ihm den vergessenen Regenschirm zurückforderte. Er sah nur das gütige Lächeln der Rebhuhn-Krankenschwester, die sich über ihn beugte. Ihre durch die dicken Brillengläser vergrößerten Augen nahmen das ganze Gesicht ein.

»Nun, Herr Jefferson, wie fühlen Sie sich?«

»Ich fühle mich sehr wohl«, sagte er.

Das war die Wahrheit. Er schwebte auf einer Wolke süßer Schläfrigkeit und hatte keinerlei Schmerzen. Die Krankenschwester senkte ihre Stimme: »Könnte ich ein Autogramm von Ihnen haben?«

»Ein Autogramm? Äh … wozu?«

Sie half ihm, sich aufzusetzen.

Dann stopfte sie ihm ein Kissen in den Rücken und zog aus der Tasche ihres Kittels einen kleinen Spiralblock und einen Stift.

»Hier bitte.«

Er schrieb seinen Namen auf die erste Seite: *Jefferson*

»Das ist mein erstes Autogramm«, bekannte er etwas verschüchtert.

»Ach, wirklich? Also, ich glaube, es wird nicht das letzte gewesen sein. Ich werde verkünden, dass Sie aufgewacht sind. Machen Sie sich darauf gefasst, dass Sie noch viele werden schreiben müssen!«

Gerade, als sie gehen wollte, besann sie sich noch einmal und trippelte zu ihm zurück.

»Können Sie mir noch eins geben, bitte? Ich nutze Sie aus, nicht wahr? Aber es ist für meine Mama. Sie bewundert Sie sehr!«

Sie verschwand, bevor er die Zeit hatte, sich zu fragen, wozu er hier war, im Krankenhaus. Er bewegte seine Zehen, seine Füße, seine Beine. Alles funktionierte normal. Ohne Probleme konnte er auch die Arme heben. Er bewegte den Kopf wie bei einer Verneinung, dann so, als wollte er ein Ja andeuten. Dabei spürte er, dass sein Kopf größer war als sonst, dass etwas darauf war. Er ertastete mit der Hand einen Verband, der um seinen Kopf gewickelt und unter dem Kinn durchgezogen war. Er trug eine Art Turban. Weiter oben spürte er seine Tolle, die kurz war, aber schon wieder nachwuchs. Man hatte für sie extra ein Loch gelassen.

Die Schwester hatte recht gehabt. Keine zehn Minuten später kam Gilbert hereinspaziert.

»Hallo, Igel! Oje, du sieht ja wie ein Osterei aus! Kann ich ein Foto machen?«

»Wenn du willst. Die Schwester hat mich gerade um ein Autogramm gebeten. Was ist eigentlich los?«

»Los ist, dass du gerade dabei bist, ein Star zu werden, mein Junge!«

»Ein Star? Ich glaube, das musst du mir erklären. Vor zehn Tagen war ich noch der Staatsfeind Nummer eins, und jetzt … Seit wann bin ich übrigens hier? Und was habe ich da am Kopf? Was für ein Tag ist heute?«

»Es ist Mittwochmorgen. Du hast gestern den ganzen Tag geschlafen. Ein bisschen lächeln, bitte.«

Gilbert machte ein Dutzend Aufnahmen, dann setzte er sich auf die Bettkante.

»Gut, ich werde dir alles erzählen. Wo bist du stehengeblieben? Ich meine, was ist deine letzte Erinnerung von Domburg?«

Jefferson musste sich einige Sekunden lang konzentrieren, bis sich der Nebel in seinem Gehirn auflöste.

»Meine letzte Erinnerung? Öh, ja, ich hänge mit dem Kopf nach unten über dieser Badewanne … in einem Badezimmer. Fox hält mich an den Knöcheln, und Mackie klemmt mich mit dem Knie fest. Fox hält ein großes Messer in der Hand, und …«

An dieser Stelle gab er ein leises Quieken von sich, und die Tränen schossen ihm in die Augen. Er konnte diesen Albtraum nicht vergessen. Gilbert legte ihm eine Hand auf die Schulter.

»Ja, wir sind gerade noch rechtzeitig gekommen, das steht fest! Du kannst dich bei Walter Schmitt und allen anderen bedanken!«

»Dann sehe ich auch noch verschwommen, wie ich unten in der Badewanne liege und alle Köpfe sich über mich beugen. Danach weiß ich nichts mehr …«

Gilbert brachte ihn zum Lachen, als er ihm von dem großartigen Sturm auf die Wohnung der Ganoven erzählte und von der irren Rückfahrt mit ihm, Gilbert, am Steuer des Busses. Ihre nächtliche Ankunft im Lande war ziemlich jämmerlich gewesen, doch der nächste Tag hatte es in sich gehabt.

Die beiden Männer waren von der Hundepolizei gnadenlos gegrillt worden. Zunächst hatten sie alles abgestritten, dann sich einen halben Tag lang gegenseitig beschuldigt; schließlich hatten sie gestanden, und die Wahrheit über das Drama war ans Licht gekommen. In der Tat war Mackie der Mörder von Herrn Edgar. Seine Fingerabdrücke auf der Schere überführten ihn. Er war im *DeliCut* als ganz normaler Kunde aufgetaucht, an jenem Morgen, und hatte Herrn Edgar um eine Rasur gebeten. Frau Kristiansen schlief da schon auf ihrem Sessel. Sie hatte weder etwas gesehen noch gehört. Fox stand draußen Schmiere. Mackie hatte einfach die Schere von einer Ablage genommen und sie kaltblütig in Herrn Edgars Brust gestoßen. Da dieser ohne einen Schrei zusammengebrochen war, war Frau Kristiansen auch nicht aufgewacht. Zu ihrem Glück übrigens, denn anderenfalls wäre auch sie auf der Stelle aufgespießt worden. Anschließend hatte Mackie die Eingangstür verriegelt, damit keine Kunden hineinkonnten. Dies sollte verhindern, dass die Leiche zu schnell entdeckt wurde. Dann war er durch das rückwärtige Fenster ausgestiegen, um zusammen mit seinem Kumpel schnellstmöglich zu verschwinden.

»Kurz, ist meine Unschuld jetzt bewiesen?«, fasste Jefferson zusammen.

»Mehr als das! Du bist der zu Unrecht angeklagte Held. Übrigens, Carola fragt, ob sie dich besuchen kann? Was sage ich ihr?«

»Öh … da würde ich gern so lange warten, bis ich nicht mehr dieses Ding hier um den Kopf habe. Was ist das eigentlich? Was habe ich?«

Gilbert musste laut lachen.

»Was du hast? Ich erklär's dir. Fox muss mit seinem Messer eine falsche Bewegung gemacht haben, als wir in die Wohnung gestürmt sind, und hat dir dein rechtes Ohr abgetrennt. Ich habe es in meinem Taschentuch verwahrt. Ein kleines seidenweiches Dreieck, total niedlich, du hättest es sehen sollen! Ich wollte es mitnehmen, um es dir wiederzugeben, als Andenken oder so … Aber Clarissa war schlauer. Sie hat genau das Richtige gemacht. Sie hat es in eine Tupperdose mit Eiswürfeln gesteckt, das kleine Öhrchen, und hat es hierhin gebracht, ins Krankenhaus. Und sie haben es dir wieder angenäht! So ist es!«

In den folgenden Tagen gaben sich die Tiere in seinem Zimmer die Klinke in die Hand. Zuerst seine Familienmitglieder, allen voran seine Schwester Chelsea, die genau den weißen Rock mit dem knallgelben Saum und die himmelblaue Bluse trug, die sie ihm geliehen hatte, damit er unerkannt in die Stadt gehen konnte. Danach zeigten sich die »Reimanns«, in kleinen Grüppchen, zu dritt oder viert. Sie hatten sich seit ihrer Rückkehr nicht aus den Augen verloren wie sonst üblich nach einer organisierten Gruppenreise. Die geteilten Erlebnisse hatten sie zusammengeschweißt. Alle waren gerührt, ihren kleinen Reisegefährten so eingepackt in einem Krankenhausbett zu sehen. Ihre Geschenke stapelten sich auf dem Nachttisch.

Es gab zahlreiche Anfragen von Journalisten, aber Jefferson wollte nur einen einzigen sehen, nämlich den, der auch in seinem Fall an der Unschuldsvermutung festgehalten hatte und das in seiner Zeitung geschrieben hatte. Das war ein junger Hengst, der seine Haare im Nacken zusammengebunden hatte. Jefferson bat ihn, neben dem Bett Platz zu nehmen, und berichtete ihm haarklein die ganze Affäre, angefangen von dem Auto, das ihn beinahe überfahren hatte, bis dahin, wie sie die beiden Mörder dingfest gemacht hatten. Für den jungen Hengst war das ein Glücksfall, und er notierte alles so schnell er konnte, wobei er zwischendurch immer wieder sein schmerzendes Handgelenk massierte.

Mitten in ihrer Unterhaltung vibrierte Jeffersons Handy auf dem Nachttisch. Er entschuldigte sich und griff danach. Die SMS kam von den Menschen, doch die Nummer des Absenders war unterdrückt. Die Nachricht schien in einer Code-Sprache verfasst worden zu sein: **Rothaariges Eichhörnchen in den Wald entflohen … stop … hoffe, Tiere gut angekommen … stop … Kampf geht weiter … stop … es lebe das Leben …**

Eines Nachmittags döste Jefferson in seinem Krankenhauszimmer, als es an seiner Tür klopfte. Als er dann Carola eintreten sah, beglückwünschte er sich dafür, dass man ihn am Morgen von dem riesigen Kopfverband befreit hatte. Er hatte nur noch einen kleinen Wundverband über dem wiederangenähten rechten Ohr, der von einem Band gehalten wurde, das über seine Stirn lief.

»Stör' ich?«

O nein, sie störte nicht. Im Gegenteil, er setzte sich aufrecht gegen sein Kopfkissen und betrachtete sie. Aus ihren Augen sprach immer noch Traurigkeit, schien ihm, doch sie sah reizend aus ohne ihren *DeliCut*-Kittel, und ihre Halsentzündung war nur noch eine böse Erinnerung.

Zuerst zeigte er ihr, wo sie in seinem Metallspind die Postkarte finden konnte, die Herr Edgar ihr geschickt hatte.

»Tut mir leid, sie ist etwas abgegriffen, weil ich sie allen ›Reimanns‹ zeigen musste, um sie zu überzeugen, dass ich keinen Unsinn erzähle. Und dann habe ich sie immer bei mir getragen, als Glücksbringer.«

»Und das hat anscheinend gewirkt?«

»Ja, es hat gewirkt, wir haben wirklich viel Glück gehabt!«

»Sie haben aber auch Mut gehabt. Deshalb bin ich Sie besuchen gekommen. Um Ihnen das zu sagen und um mich zu bedanken.«

Jefferson errötete vor Stolz.

»Möchten Sie Schokolade? Man hat sie mir kiloweise hergebracht. Bedienen Sie sich!«

Sie nahm eine Praline und packte sie langsam aus.

»Und dann habe ich noch eine gute Nachricht. Jedenfalls hoffe ich sehr, dass Sie das als eine gute Nachricht empfinden.«

»Also?«

Sie nahm sich die Zeit, die Praline in den Mund zu stecken und sie zu zerkauen.

»Nun, also: Mein Onkel hatte vorhergesehen, dass ihm etwas zustoßen könnte, und deshalb ein Testament aufgesetzt. Das wusste ich gar nicht. Und stellen Sie sich vor: Er hat mir das *DeliCut* vermacht! Ich habe ein paar Tage gezögert und nachgedacht, doch jetzt habe ich entschieden: Ich übernehme das Geschäft. Wenn das Rechtliche geregelt ist, jawohl, dann – hopp! – wird wiedereröffnet!«

Das freudige *hopp!* wurde allerdings von einem schmerzlichen Lächeln begleitet.

»Sie haben recht«, sagte Jefferson, »aber Sie brauchen gar nicht traurig zu sein. Das Leben muss weitergehen. Herr Edgar würde sich sehr freuen!«

»Da bin ich mir sicher«, begann sie wieder. »Ich möchte nur den Namen ändern, damit es ein Neubeginn wird. Ich habe an *DailyCut* gedacht. Und ich werde ein Bild von meinem Onkel im Salon aufhängen.«

»Ich finde, das ist eine klasse Idee!«, rief Jefferson. »Und ich wäre gern Ihr erster Kunde. Obwohl ... ich wäre ein komischer Kunde, mit meinem Ohr ...«

Sie wischte sich die Augen trocken.

»Machen Sie sich darüber keine Gedanken. Ihr Haar hat Volumen, und es wird ein Leichtes sein, die Narbe zu verdecken, wenn es überhaupt eine gibt.«

Sie sprachen dann noch über Herrn Edgar und sein Geheimnis.

»Ich hätte das nie gedacht«, bekannte sie, »aber es wundert mich auch nicht. Er war großzügig und ein Philosoph. Das sieht ihm ähnlich, dieser Kampf für die Tiere.«

Jefferson stimmte ihr zu, aber er traute sich nicht zu sagen, was er auf dem Herzen hatte.

Während der langen Stunden im Krankenhaus, während derer er nichts zu tun gehabt hatte, waren ihm immer wieder die Bilder vom Schlachthof durch den Kopf gegangen: die Hunderttausende Tiere, die Tag für Tag geschlachtet wurden, die gemarterten Schafe, die geschlagenen Schweine, die Kühe, die in der Stille der Nacht auf ihren Tod warteten.

Herrn Edgars Salon wiederzueröffnen, war gewiss eine gute Sache, aber seinen Kampf weiterzuführen würde eine noch bessere sein. Nur wie sollte man das anfangen?

»Ach ja«, sagte er nach einem kurzen Schweigen, »ich habe Ihnen eine Kleinigkeit von drüben mitgebracht, aber sie müssen noch einmal zu meinem Schrank gehen.«

Er dirigierte sie erneut, bis sie ihr Geschenk gefunden hatte. Sie packte es aus. Es war eine Glaskugel, in der sich die Abbildung eines Viertels von Domburg befand, des Kanalviertels genauer gesagt, mit seinen bunten Häuserfassaden. Hinter einer davon hatte Herr Edgar sein Quartier gehabt, und wenn man die Kugel schüttelte, fiel leise der Schnee auf die Dächer.

17

Jefferson fand sein Zuhause so vor, wie er es zwei Wochen zuvor verlassen hatte. Doch als er den Schlüssel herumdrehte, kam es ihm vor, als sei er monatelang fort gewesen. Es war so viel in so kurzer Zeit passiert! Er zog an der Tür seine Schuhe aus, indem er nacheinander seinen rechten und dann den linken Fuß auf den Schemel setzte, zog seine Pantoffeln an, hängte seine Jacke an die Garderobe und begab sich in die Küche.

Die Sahnekartoffeln im Backofen waren nur noch ein trauriger Brei mit einer schwärzlichen Kruste darauf. Igitt! Er warf sie in den Mülleimer. Dann ließ er sich auf sein Sofa fallen und blieb dort einen Moment völlig unbeweglich, etwas missmutig, genauer gesagt.

Während der Reise hatte ihm das Alleinsein manchmal gefehlt. Oft hatte er sich vorgestellt, wie es Zuhause sein würde, still, ohne Stundenplan und dauernden Ortswechsel, er würde frei sein, nichts zu tun, und sogar ohne Gilbert an seiner

Seite. Und jetzt war er hier bei sich zuhause, und es fehlte ihm die Gruppe, das Stimmengewirr, das Lachen.

Er war in diese Gedanken versunken, als sein Handy klingelte. Bestimmt Gilbert. Nein, es war das Huhn Clarissa.

»Guten Tag Jefferson, ich habe gehört, dass Sie aus dem Krankenhaus raus sind, und ich wollte Sie zu einem geselligen Abend nächste Woche einladen.«

»Ein geselliger Abend? Was für ein geselliger Abend?«

»Nun, wir haben einen Festsaal gemietet, in der Stadt. Wenn ich 'wir' sage, meine ich natürlich die »Reimanns«. Das wäre eine Gelegenheit, uns wiederzusehen und unsere Fotos von Domburg auszutauschen. Jeder bringt etwas zu essen mit, wir machen so eine Art Büffet ... Und, reizt Sie das? Sie können auch jemanden dazu einladen, wenn Sie möchten.«

Und ob ihn das reizte! Als er auflegte, stellte er fest, dass er über beide Ohren lächelte. Er wusste bereits, wen er einladen und was für ein Gericht er mitbringen würde.

Am besagten Tag kam er zum Festsaal, ber brachte eine Schale Sahnekartoffeln mit, die er mit Alufolie abgedeckt hatte.

Man hatte eine Art Bühne aufgebaut, in deren Mittelpunkt eine Leinwand stand. Das Buffet quoll über von Vorspeisen, warmen Gerichten und Desserts. Die beiden Füchsinnen hatten sich zu DJs ernannt und sorgten für reichlich Musik. Einige Tische waren eingedeckt, und dort hatten bereits ein paar »Reimanns« Platz genommen. Jefferson machte kurz die Runde und begrüßte die Perls – die Eichhörnchen, die beiden Schafe – die Brüderles, das Dachspaar Hild und einige andere, dann setzte er sich neben Simone, die ihm »den Platz freigehalten« hatte, sodass er keine andere Wahl hatte. »Meinen lieben Leibwächter« nannte sie ihn zärtlich. Sie lächelte säuerlich, als Carola sich zu ihnen gesellte.

Als alle da waren, nahm Gilbert das Mikrofon und begann, über das ganze Gesicht grinsend, eine mehr oder weniger gelungene Rede zu halten. Er versicherte, dass er die schönsten Tage seines Lebens erlebt habe, jedenfalls die aufregendsten.

Dann wurden auf der Leinwand die Fotos gezeigt, die der Kater Emil zu einer abwechslungsreichen Show aneinandergefügt hatte. Das erste zeigte den Aufbruch in der Dämmerung am ersten Morgen, als sich alle noch nicht kannten. Man sah Roland, wie er das Gepäck im Gepäckraum des Reimann-Busses verstaute.

»Ich hatte ja keine Ahnung, was ich bei der Rückfahrt in meinen Kofferraum packen musste!«, rief er.

Anschließend ein paar sehr hübsche Landschaftsaufnahmen, schließlich Domburg mit seinen Altstadtgassen, dem Kanal, den Brücken, der Kathedrale; doch die Bilder, die am erfolgreichsten waren, und zwar bei weitem, waren die, wo sie selbst drauf zu sehen waren, die »Reimanns«!

Alle lachten beim Foto von Frau Brüderle, die Stielaugen machte beim Anblick des Frühstücksbüffets; Roland, der am Steuer Siesta machte, die Mütze über den Augen; die beiden jungen Füchsinnen die sich während einer kulturellen Führung über ihr Handy beugten; der Bewässerungsschlauch, über den Frau Schmitt im Park so unglücklich gefallen war; Simone, die ohne es eigentlich zu wollen vor dem Kurzwarengeschäft *Chez Simone* posierte; Herr Hild, dabei ertappt, wie er einen misslungenen Windbeutel heimlich in den Müll wirft. Für Roxane gab es Beifall, als sie mit ihrer knallbunten Frisur eifrig vor der Kathedrale die Reiseführerin machte. Und alle waren zu Tränen gerührt, als die Perls von Clarissa das Geschenk zu ihrem Hochzeitstag in Empfang nahmen.

Doch all dies war noch nichts im Vergleich zu dem Dutzend Fotos, die dem Kater Emil während des Sturms auf die Wohnung gelungen waren. Auf dem ersten sah man, wie Walter Schmitt sich mit der Wucht einer Kanonenkugel gegen die Tür stürzte.

»Da habe ich mir die Schulter kaputtgemacht!«, rief er lachend. »Da habe ich mir die Schulter kaputtgemacht!«

Man sah Clarissa, wie sie mit erhobenen Armen vor dem Badezimmer stand und »Da sind sie! Da sind sie!« schrie; man sah die beiden Ziegen, wie sie sich mit dem Kopf voran auf Fox stürzten; man sah Jefferson mit blutverschmiertem Gesicht in den Armen von Doktor Brüderle; man sah Roland, wie er Mackie an den Füßen zum Aufzug schleifte; und man sah Gilbert mit wirrem Blick hinter seinem Steuerrad bei der Abfahrt aus Domburg.

Das letzte Bild war ziemlich dunkel; es zeigte Roland, auf einem Bein balancierend, vor dem Gitter des Polizeireviers, wie er gerade mit dem Zeigefinger die Klingel drückte.

Als das Licht wieder anging, herrschte eine Weile ein Schweigen, während dessen sicherlich alle denselben Gedanken hatten: *Waren wir das, die das alles gemacht haben?* Ja, es waren sie, die das gemacht hatten, gemeinsam.

Jefferson war sehr bewegt und schnäuzte sich unauffällig.

Was er nicht wusste, war, dass der bewegendste Augenblick des Abends noch bevorstand. Das Huhn Clarissa kletterte auf die Bühne und nahm das Mikro.

»Und jetzt, lieber Jefferson, werde ich Ihnen, werden wir Ihnen eine kleine Überraschung bereiten. Denn diese Feier gilt vor allem Ihnen, nicht wahr? Wir feiern heute Ihre Unschuld. Deshalb also haben wir etwas versucht, was uns Ihr Freund Gilbert zugeflüstert hat. Etwas Unmögliches. Aber manchmal funktionieren auch unmögliche Sachen, das haben wir ja erlebt! Und jetzt halten Sie sich gut an ihrem Stuhl fest! Das ist für Sie!«

Das Licht wurde wieder gelöscht, und diesmal wurde ein Film auf die Leinwand projiziert. Zuerst sah man von einem Flugzeug aus auf einen dunkelgrünen Wald, durch den sich träge ein großer Fluss schlängelte. Der Amazonas-Regenwald offenbar. Dann fand man sich mitten in diesem Wald und drang zu Fuß durch die Vegetation voran. Man hörte den Atem des Wanderers und das Sausen der Machete, wenn er sich seinen Weg bahnte. Dann sah man ihn neben einem Lagerfeuer am Ufer des Flusses, abends. Man sah ihn im Profil, wie er im Schneidersitz dasaß und etwas schwer Erkennbares aß. Um es zu zeigen, drehte er sich lächelnd zum Objektiv der Kamera.

Chuck! Das war Chuck!

Jefferson hatte alles gelesen, was sein Held geschrieben hatte, insbesondere das spannende Allein auf dem Strom, doch er wusste nichts von einem Film. Chuck zu sehen, wie er sich bewegte und voranschritt, ihn sprechen und atmen zu hören, zu sehen, wie er sein Lager aufschlug, sich wusch und sich mit einem kleinen Zeichen verabschiedete, als er unter seinem Moskitoschleier verschwand, kurz, ihn so wunderbar lebendig in Aktion zu setzen, machte ihn ganz fertig. Was für eine tolle Idee Gilbert gehabt hatte! Nichts hätte ihm eine größere Freude bereiten können. Er vergaß seine Schüchternheit und trat zu Clarissa auf die Bühne.

»Damit Sie alle es verstehen, ich … also, ich lese nämlich sehr gern, und mein Lieblingsbuch ist *Allein auf dem Strom.* Der Orinoko ist ein Fluss in Amazonien, und den habt ihr gerade gesehen. Und ich bewundere diesen Abenteur sehr, ja, er heißt Chuck, und … ja, ich wusste nicht, dass es diesen Film gibt, das ist … das ist ganz außergewöhnlich.«

Er wandte sich zu Clarissa.

»Aber wie sind Sie darangekommen? Das sind doch private Aufnahmen, nicht wahr?«

»In der Tat«, antwortete Clarissa, »und wir haben sie, weil jemand sie uns mitgebracht hat.«

»Jemand?«, fragte Jefferson, und er spürte eine Art Prickeln in den Händen und in den Schultern.

»Ja, und diese Person ist trotz ihrer gestählten Persönlichkeit ein wenig wie Sie, Jefferson: bescheiden und schüchtern. Darum hält sie sich seit Beginn des Abends ganz hinten im Saal auf. Aber wir können sie bitten, vorzutreten, jetzt vielleicht? Was meinen Sie?«

Ein großer athletischer junger Mann, ein Mensch, durchquerte mit gemessenen Schritten den Saal. Er trug einfache Jeans und ein schwarzes T-Shirt. Seine blonden Haare fielen ihm bis auf die Schultern. Ohne die dafür vorgesehene kleine Treppe zu benutzen, sprang er auf die Bühne, und in wenigen Sekunden stand er neben Jefferson. Er beugte sich tief hinunter, um Clarissa zu küssen und reichte dann Jefferson seine Hand, der ihm die seine gab, den Kopf im Nacken, um ihn richtig sehen zu können. Der Unterschied in Größe und Statur war gewaltig. Chuck, denn der war es wirklich, nahm das Mikro aus der Hand von Clarissa.

»Ja, das sind in der Tat Aufnahmen, die ich am Orinoko gemacht habe, aber ich habe sie nie veröffentlicht. Sie sind etwas Persönliches. Nun, ich sollte wohl erklären, wie es kommt, dass ich heute Abend hier bei Ihnen bin. Ich sollte dir das erklären, mein lieber Jefferson, weil du etwas … wie soll ich sagen … erstaunt zu sein scheinst.«

Darüber mussten alle lachen, weil Jefferson überhaupt keinen »erstaunten« Eindruck machte. Er war vielmehr völlig perplex, verdattert, fassungslos, platt, fertig. Chuck war für ihn eine Romanfigur, und es war schlicht und einfach unmöglich, dass er in Fleisch und Blut da neben ihm stand. Es war nichts weniger als ein Wunder.

»Als Gilbert mich anrief«, fuhr Chuck fort, »wollte ich zuerst gleich auflegen, aber ich weiß nicht, wie er es angestellt hat, ich habe ihm zugehört. Er ist echt stark, dieser Gilbert! Er hat die richtigen Worte gefunden. Er hat mir aber zuerst die von Jefferson übermittelt, der gesagt haben soll: *Allein auf dem Strom ist das beste Buch, das ich in meinem ganzen Leben gelesen habe.* Hast du das wirklich gesagt, Jefferson?«

Jefferson nickte.

»Das hat mich irgendwie gerührt«, fuhr Chuck fort. »Deshalb habe ich zugehört, wie er deine Geschichte von Anfang an erzählt hat. Ich fand das, wie soll ich sagen … aufregend. Ich fand, dass du viel Mut gehabt hast. Ich habe aber auch gelacht. Kurz, ich habe mir gesagt: *Ich muss etwas machen*, und zuerst wollte ich dir ein signiertes Buch schicken. Und dann hat Gilbert mir erklärt, warum Herr Edgar ermordet worden ist, und das hat mich total verunsichert. Er hat mir von seiner Nacht im Schlachthof erzählt. Ich wusste das alles schon. Die Bilder zirkulieren im Netz. Aber wir halten uns die Augen und die Ohren zu, fürchte ich. Jedenfalls hat mich das die ganzen letzten Tage beschäftigt, und ich denke darüber nach, ob ich nicht aufhören sollte, Fleisch zu essen.«

Einen Augenblick lang wurde er von Beifall unterbrochen.

»Und was Herrn Edgar anbetrifft, so fürchte ich, dass er unersetzlich ist, aber ich könnte mein bisschen Bekanntheit nutzen, um seinen Kampf wieder aufzunehmen und seine

Sache bei uns, den Menschen, zu vertreten. Ich werde ernsthaft darüber nachdenken, ich verspreche es euch. Aber ich will euch euren Abend nicht länger verderben, ihr seid es ja nicht, die man mit der Sache nerven soll; schließlich könnt ihr nichts dafür.«

»Sie verderben uns keinesfalls den Abend«, mischte Clarissa sich ein. »Im Gegenteil, dank Ihnen wird er uns unvergesslich bleiben.«

»Das wird er auch für mich sein«, sagte Chuck. »Stellt euch vor: Ich war achtmal in Amazonien, aber nie zuvor hier bei euch, sieben Autostunden von Domburg entfernt.«

»Nein, vierzehn, wenn Gilbert am Steuer sitzt!«, rief Walter Schmitt von ganz hinten.

»Also«, schloss Chuck, »ich bin glücklich, heute Abend hier bei euch zu sein, und wenn ich jetzt Jefferson küsse, küsse ich euch alle.« Darauf beugte er sich hinab, griff Jefferson an den Schultern, hob ihn zu sich hoch und küsste ihn auf beide Wangen. Dann drückte er ihn noch lang genug an sich, um den Tieren Gelegenheit zu geben, zu applaudieren und Fotos zu machen.

Gegen Chucks Brust gepresst, spürte Jefferson das Herz in der seinen schlagen. Es war verrückt. All das nur, weil er eines schönen Morgens die Idee hatte, sich seine Tolle richten zu lassen!

Als er gegen Mitternacht, von Gefühlen noch überwältigt, den Festsaal verließ, stieß er auf Carola, die auch gerade ging. Sie kam zu ihm herüber.

»Sie gehen schon, Jefferson? Ja, weil ich mich gefragt habe, ja, also, mich sozusagen gefragt habe … ob Sie vielleicht … also, ich möchte fragen … wir könnten doch noch ein letztes Glas zusammen trinken?«

RESTAURANT

Jean-Claude Mourlevat wurde 1952 in der Kleinstadt Ambert in der Auvergne geboren. Er studierte in Straßburg, Toulouse, Bonn und Paris und arbeitete einige Jahre lang als Deutschlehrer, bevor er Comedian und Theaterregisseur wurde. Seit 1997 ist er Schriftsteller; sein erster Roman erschien 1998. Seitdem hat er zahlreiche Bücher für Erwachsene ebenso wie für Jugendliche geschrieben, die sowohl beim Publikum als auch bei der Kritik gut ankamen und ihm mehrere Preise einbrachten. Mehrere seiner Bücher sind auch auf Deutsch erschienen. Jean-Claude Mourlevat hat zwei Kinder und lebt mit seiner Familie in der Nähe von Saint-Étienne.

Ein verlagsneues Buch kostet in ganz Deutschland und Österreich jeweils dasselbe. Das liegt an der gesetzlichen Buchpreisbindung, die dafür sorgt, dass die kulturelle Vielfalt erhalten und für die Leser bezahlbar bleibt. Also: Egal ob im Internet, in der Großbuchhandlung, beim lokalen Buchhändler, im Dorf oder in der Stadt – überall bekommen Sie Ihre verlagsneuen Bücher zum selben Preis.

Dieses Buch ist zuerst unter dem Titel *Jefferson*
bei Gallimard Jeunesse, Paris erschienen.

Für die deutschsprachige Ausgabe:

Aus dem Französischen von Edmund Jacoby

Printed in Latvia
ISBN 978-3-96428-056-5
www.jacobystuart.de

FSC
www.fsc.org
MIX
Papier aus verantwortungsvollen Quellen
FSC® C002795

Dies Buch ist auf Papier gedruckt, für das nur Holz
aus nachhaltiger Forstwirtschaft verwendet wurde.